集英社オレンジ文庫

掌侍《ないしのじょう》・大江荇《こう》子《こ》の宮中事件簿　四

小田菜摘

本書は書き下ろしです。

CONTENTS

イラスト／ペキォ

掌侍《ないしのじょう》・大江荇子《おおえこうこ》の
宮中事件簿《きゅうちゅうじけんぼ》
四

1章

真《ま》澄《そ》鏡《かがみ》

苛子《こうこ》が愛用している鏡は白銅の円鏡で、背面には葡萄《ぶどう》と海獣《かいじゅう》（この場合は異国の生き物という意味）の凝《こ》った模様が鋳込《いこ》んである。

「それは、長安《ちょうあん》で流行した意匠《いしょう》なんだって」

征礼《まさゆき》の言葉に、苛子は鏡面を磨く手を止めた。鏡は油断するとすぐに曇るので、日常の手入れがかかせない。女孺《にょうじゅ》から摘《つ》んできてもらったカタバミの葉でせっせと磨いているところに、征礼が訪ねてきたのはほんの少し前のことだった。

仕事が一段落したので、顔を出したのだという。苛子の、蘇芳《すおう》と縹《はなだ》の袿《うちき》をかさねただけの褻《け》の装いに対し、征礼は正装となる束帯《そくたい》姿。緋色《ひいろ》の位袍《いほう》は五位の当色《とうじき》で、侍従《じじゅう》と少納言《しょうなごん》を兼ねる地位に相当している。

ともに二十一歳という良い年の二人の間には、几帳《きちょう》も御簾《みす》もない。二陪《ふたえ》織物《おりもの》の小袿や橡《つるばみ》の袍をまとうような身分の高い方々であれば、夫婦でもない男女が隔てるものもなく顔をあわせるなどありえぬ話やもしれぬが、中級貴族の子息子女などしょせんこんなものだ。

「長安って、唐土《もろこし》の都？」

「そう。特に前代の唐王朝《とう》で流行していて、その当時はよく輸入されていたから日本でも模倣品《もほうひん》がたくさん作られていたらしい。舶載品《はくさいひん》の唐鏡に対して、そっちは唐式鏡《とうしききょう》というそうだ」

「じゃあまちがいなく唐式鏡のほうよ。唐物《からもの》を手に入れられるような羽振りの良い実家ではないもの」

てらうことなく語る荇子に、征礼は同意はせずに苦笑を返す。いくら気の置けない幼馴《おさなな》染《じみ》が相手でも、他人の実家を軽んじる発言は普通はしない。

「でも、よくそんなことを知っていたのね」

「神祇伯《じんぎはく》から聞いたんだよ」

征礼が口にしたその役職名は、御所ではしばし聞く名称だった。

神祇伯とは、神祇官の長官である。神祇官は祭祀《さいし》を掌《つかさど》る役所で、宮中のみならず全国の祝部《はふりべ》（この場合は神官全体を指す）を支配し、名目的には太政官《だじょうかん》の上に置かれる要職である。ただし実情としては権力から遠ざかった場所にあり、朝政に影響を与える官署ではなかった。

「いまの神祇伯って、確か稚彦王《わかひこおう》さまよね」

近頃、ちょっと縁があったその方の名を荇子はあげた。

稚彦王はずいぶんと前の帝《みかど》の皇孫《こうそん》にあたる方で、還暦《かんれき》を過ぎた年配者である。蔭位《おんい》（高位者の子息にはその功績を問わず一定の位を与える制度）により従四位を授かっており、とうぜん殿上の資格も持っているのだが、御所でその姿を見ることはあまりない。というのは彼がもっぱら神祇伯として本官の仕事に集中し、その大半を大内裏《だいだいり》で過ごしているからだった。

本官とは、武官や文官といった律令《りつりょう》下の官職のことである。太政官や衛府官《えふかん》がこれにあたる。対して殿上人《てんじょうびと》は帝個人によって任命される、役職というよりは立場を指すものとなる。ゆえに殿上人の仕事の内容は、大床子御膳《だいしょうじのおもの》の陪膳《ばいぜん》や宿直《とのい》等、清涼殿《せいりょうでん》での帝の身の回りの世話が中心となるのだ。

殿上人としての上日《じょうにち》（出勤）、上夜《じょうや》（宿直）の日数には一定の規定があるのだが、稚彦王は年齢を理由にだいぶん免除されているという話である。普通は本官の仕事のほうを免除してもらうものだが、そのあたりの匙《さじ》加減は個人のことなので分からない。

かように御所とは疎遠《そえん》かつ高齢の稚彦王であるが、女房達の間での評判はすこぶる良かった。それも然《しか》り。有識と評判の彼の言動は知的で控え目。たたずまいは常に清潔。美しく年を重ねたとはああいう人を指すのだろうと、八年の宮仕えで少なくはない数の老害の象徴のような者達を目にしてきた身として、苻子はつくづく思う。

内裏女房である苻子は、もちろん稚彦王との面識はある。つい先日も仕事の件で、神祇官に依頼を出したばかりだったのだ。朝政とはかかわりが薄くとも、祭祀が御所にとって重きを占《し》めることは間違いない。

そんな人物が、鏡の蘊蓄《うんちく》を征礼に語ってやっていたらしい。

「何十年も前に滅んだ国の流行にまで詳しいなんて、やはり博識な方なのね」

「意匠だけではなく形も、昔はそういう円鏡ばかりだったらしい。いま一般的な八稜形《はちりょう》の鏡は、これももともと唐で流行《はや》ったものなんだって」

「私が主上《おかみ》の髪結いに使っている鏡は、八稜形よ」

正式にいうと髪結いに使っているのではなく、仕上がりを帝に確認してもらうときに使う鏡である。菱花形で白銅製の磨きに磨きぬいた真澄鏡《まそかがみ》だ。背面には精緻な瑞花双鳥《ずいかそうちょう》の模様が鋳込んであった。

征礼は、へえっと関心を示す素振りを見せる。

「鏡なんて映りしか気にしていなかったけど、いろいろとあるんだな」

「それで正解でしょ。映ればいいのよ、鏡なんて」

などと言いながら荇子は、自分の円鏡をくるりとひっくり返してみせた。

背面の葡萄と海獣の文様は細やかなものだが、鋳型《いがた》で作成するのだから同じ意匠の物は複数あるだろう。もっとも鏡は鏡面側を映るものとして研磨《けんま》することに大変な手間がかかるので、雨後《うご》の筍《たけのこ》のように大量生産というわけにはいかぬのだろうが。

八稜鏡が主流の世でこのような丸鏡は流行ではないが、荇子は先ほど自ら口にしたように、映りさえすれば気にもならなかった。ちなみにこの銅鏡《どうきょう》は、実家にあったものをなんとなく使いつづけている。鏡の材質は銅の他にも鉄や銀等ピンからキリまであるが、いずれにしてもそれなりに値が張るものなので、割れでもしないかぎり新しいものを求めることはしないつもりでいる。

荇子はふんっと胸をそびやかす。

「私が大切にしなくてはならない鏡は、賢所《かしこどころ》にある神鏡だけよ」

「そりゃあ、なんたって内侍《ないしのじょう》（掌侍《きんじ》の呼称）だからな」

後宮の女官達を束ね、帝に近侍する内侍司《ないしのつかさ》の女房の職種は、上から尚侍《ないしのかみ》、典侍《ないしのすけ》、掌侍がある。現状で最上位の尚侍は欠員だが、一人の典侍と権官《ごんかん》も含めた六人の掌侍が在籍している。荇子は掌侍の三席で、大江《おおえ》の姓から江内侍《ごうのないし》と呼ばれていた。

その内侍司の女官達の重責のひとつに、神鏡の管理があるのだった。

御所でいう神鏡とは、八咫鏡《やたのかがみ》と呼ばれる三種の神器のひとつを示す。

他の二つ神器、草薙剣《くさなぎのつるぎ》と八尺瓊勾玉《やさかにのまがたま》のいわゆる剣璽《けんじ》は、常に帝とともにあるよう寝所となる夜御殿《よるのおとど》に奉置されているが、この鏡だけは内侍所《ないしどころ》のある温明殿《うんめいでん》に置かれている。ゆえに内侍司の女官達は、神鏡への奉仕を掌《つかさど》るのだ。

実は御所に置かれている鏡と剣は、本体ではない。本体はそれぞれ伊勢神宮《いせじんぐう》と熱田神社《あつたじんじゃ》に奉置されている。しかし御所にある神器を模造品というのは聞こえも悪いので、分祀《ぶんし》したと言うべきだろう。特に鏡などは強すぎる神威《しんい》に畏《おそ》れをなした時の帝が分祀を命じたと伝えられているほどの代物《しろもの》なのだ。

それゆえなのかは分からぬが、何人も目にすることはまかりならぬとされる三つの神器は、それぞれ蓋《ふた》付きの箱に収められて紐で封じられているのだった。

荇子は声をひそめた。

「どんな形なのか、どんな文様なのか想像もつかないでしょう。だからときどき箱を守っている気持ちにはなるのよね」

「不謹慎《ふきんしん》だな」

「だって、本当に中にあるかどうかも確認できないのだから」

頬《ほお》を膨らませて反論はしたが、別に神鏡の意匠に興味があるわけではない。

迂闊《うかつ》に目にすれば災《わざわ》いが降りかかるとも言われている代物を、わざわざ見たいなどと露ほども考えたことはない。きっと自分は鏡の意匠を知らぬまま、致仕《ちし》まであの箱を守っていくのだと皮肉交じりに荇子は思ったのだった。

掌侍次席である加賀《かが》内侍が、里居《さとい》を申し出たのは神無月《かんなづき》の上旬だった。宇治《うじ》で隠遁《いんとん》している母親が伏しているので、看病のためにしばらく滞在したいとのことだった。頼りがいのあるよき先輩の不在は心細いが、そのような事情であればしかたがない。

「どうせなら、長橋局《ながはしのつぼね》が里居をしてくれればよいのに」

内侍所でそんな陰口を叩いたのは、同輩の弁内侍《べんのないし》だった。長橋局が台盤所《だいばんどころ》に行っているから言えたことである。鼻つまみ者だった彼女も近頃はだいぶんおとなしいが、だからといって本人の目の前で悪口を言えるはずがない。

「まあ、最近はそうでもないけどね」

かばったつもりではなかったが、荇子の返答に弁内侍は唇を尖らせた。

「あなたも人がいいわね。ちょっと前まで一番目をつけられていたのに」

「でもその行いのせいで、いまいたたまれない思いをしているはずだから」

溺《おぼ》れる者に石を投げつけるような真似《まね》はしたくない、とまで言うのはあまりにも横柄なので、さすがに差し控えた。

内侍の首席としてこれまで好き放題にふるまっていた長橋局だが、上役となる典侍・藤《ふじ》原如子《わらゆきこ》の就任以降、だいぶ旗色が悪くなっていた。そこにきて先の皇太后相手に不始末を起こしてしまいひどく叱責《しっせき》をされたものだから、かつての傍若無人《ぼうじゃくぶじん》ぶりも、いまではすっかり鳴りをひそめてしまっている。

今回の加賀内侍の里居にあたり、彼女の仕事はすべて如子の采配《さいはい》で五人の内侍に振り分けられたのだが、それにかんしても一言も異論を唱えなかった。ちなみに荇子は、加賀内侍が請け負っていた女孺《にょうじゅ》達の検校《けんぎょう》役を任された。

「女孺達はほっとしているわよ。検校役が長橋局にならないで」

「内府典侍《ないふのすけ》だって、そのあたりは分かっていらっしゃるわよ」

「そうよね。あれだけ迷惑をかけられたのだから」

意地悪く弁内侍は言った。長橋局が先の皇太后相手に起こした不始末の内情は、彼女の雑仕《ぞうし》を打ち据えたというものだった。雑仕側にも非があったのだが、自分の所轄《しょかつ》でもない者に長橋局がそこまでの乱行に及んだ理由は、御所の女孺と間違えたからだった。

つまり女孺であれば、打ち据えても大丈夫だと思っていたのだ。これだけで日ごろの彼女達への扱いが知れるというものだった。

女孺達からも慕われていた加賀内侍の後任となると重圧だが、長橋局の代わりだと思えば荇子の気持ちはずいぶんと楽になる。女孺達にとって、あれよりひどい上役はそうそういるまい。

「検校役なんて大袈裟《おおげさ》に言っても女嬬には女嬬頭がいるから、そんなに身構えなくてもいいって加賀内侍も言ってくれたしね」

「そうよね。内侍に采配を求めるなんて、よほど次第がこじれたとき――」

「はあ？　ふざけんじゃないわよ！」

弁内侍が言い終わらないうち、外から女の罵声《ばせい》が響いた。

荇子と弁内侍は目をあわせ、二人同時に立ち上がった。言い争いが聞こえてくる南側の御簾《みす》の間からのぞき見ると、馬道《めどう》（この場合は土間）で二人の女嬬が言い争っていた。小袖《こそで》に褶《しびら》たつものと呼ばれる腰布を巻いている。

「ちょっと、なにをやっているのよ」

荇子より先に、弁内侍が御簾をくぐり出た。荇子もすぐにつづく。階《きざはし》のところで荇子は、あらためて女嬬達の顔を見下ろした。二人とも、まだずいぶんと若い。十六、七歳といったところか。うち一人の、朱紱《しゅふつ》の小袖を来た娘は見知った顔だった。話したことはなかったが、人目を惹《ひ》く華やかな顔立ちゆえに覚えていたのだ。

もう一人の、浅縹《うすはなだ》の小袖をまとった者に認識はなかった。すれ違ったことぐらいはあるかもしれないが、平凡な容姿は印象に残るものではない。よく見るともう一人の娘より少し幼い。まだ十三、四歳ぐらいかもしれない。

「はねず、なにをやっているの？」

弁内侍が呼びかけた相手は、朱紱の小袖を着た美しいほうの娘だった。はねずは朱華とも書けるから、いま着ている小袖は名にふさわしい色だ。

「すみません。弁内侍、江内侍」

はねずは素直に頭を下げた。話したことはなかったが、むこうは荇子の呼称を認識しているようだ。

もう一人の女嬬も頭は下げるが、こちらから詫《わ》びの言葉は出てこなかった。しかもその表情にはそこはかとない反発がにじみ出ている。若いのに陰気で、そのくせ妙にふてぶてしい。なんとなく印象のよくない娘であった。

検校役代理という自分の役目を思い出し、荇子は声を尖らせた。

「なにが起きたの？　よりによって賢所の前で言い争うなんて不謹慎よ」

温明殿は馬道で南北に分けられ、北側が内侍所で南側が賢所となっている。つまり二人の女嬬は神鏡を置いた部屋の前で言い争いをしていたのである。これは不謹慎と指摘されてもしかたがない。とはいえ馬道一つ挟んだ隣の内侍所では、人の噂話《うわさばなし》をはじめとした享楽的かつ不謹慎な話が日常的にささやかれているのだが。

はねずがさっと腕を伸ばし、もう一人の女嬬を指さした。

その所作《しょさ》に、荇子はかすかな違和感を覚えた。なぜだろう？ なんということもない動きだったと思うのだが——しかしそれを追求する気持ちは、はねずの抗議の声にかき消されてしまった。

「こならが悪いのです。この娘ってば掃除に遅れてきたくせに謝りもしないんですよ」

「自分はいつも平気で遅れるくせに、こんなときだけ偉そうに言わないでよ」

ここにきて浅縹の小袖を着た娘がはじめて口をきいた。こならと呼ばれた娘は、おとなしそうな外見からは意外なほど強気な物言いをした。

「そもそも二人で任された灯籠《とうろう》の手入れを、あなたが私に押し付けて途中でどこかに行ってしまったから来るのがこんなに遅くなったのよ」

「しょうがないでしょ。命婦《みょうぶ》の方から別の用を言いつかったのだから」

「ふんっ。そう言って、いつも面倒な仕事は人に押し付けようとするんだから」

二人のやりとりからは、たがいに対する抑えようのない日頃の鬱憤《うっぷん》がにじみでていた。どちらに非があるかは不明だが、浅からぬ因縁《いんねん》を持つ関係なのだろう。いずれにしろこのあとの作業を二人でやらせることは良くないと荇子は思った。

「喧嘩《けんか》はやめて。それより肝心《かんじん》の賢所の掃除は終わったの？」

「まだ途中です。この娘はいま来たばかりですから、なにもやっていませんよ」

あてつけがましく言うはねずを、こならはむっとした顔でにらみつけた。これはますます二人一緒に賢所での作業などさせられない。

「こなら」

荇子の呼びかけに、こならはむすっとしたまま視線だけ動かす。内侍に対する女嬬の態度としては、なかなか不遜《ふそん》である。しかし作法《さほう》も序列も弁《わきま》えぬ態度の理由を、十三、四という若輩《じゃくはい》に求めることは可能だったから、さほどいらだちはしなかった。

「残りの掃除はあなたが一人でやりなさい。はねずには大内裏《だいだいり》まで遣いに行ってもらいます」

はねずにも用事を言いつけたことで、こならの不満げな表情が少し和《やわ》らぐ。見るとはねずもほっとした顔をしている。険悪な者二人で作業をするより、多少作業量が多くとも一人でしたほうがずっとましだ。

こならが賢所に入ったあと、荇子ははねずを待たせていったん内侍所に引き返した。そうして折りたたんだ二つの書状を手に戻ってきた。

「これを神祇官《じんぎかん》に持っていってちょうだい」

「神祇官って、どうしたの？」

尋ねたのはねずではなく弁内侍だった。

「主上から命ぜられて、あちらから預かった古い祝詞《のりと》を書き写したのよ。その返却と、写しにも間違いがないかを確認していただきたくて」

「祝詞？」

「前任の出雲国　造　神賀詞《いずものくにのみやつこのかんよごと》よ。去年、代替わりしたらしいでしょ」

あ、と弁内侍は声をあげた。年中行事ではないので、失念していても無理はない。

出雲国造神賀詞とは、杵築神社《きづきじんじゃ》（いまの出雲大社）の宮司《ぐうじ》も兼ねる出雲国造が、代替わりのさいに朝廷に課せられる儀式である。三回に分けて、三年をかけて行われる。一回目の儀式は去年行われたのだが、式場が大内裏だったので後宮の女達が詳しく認識しているはずもない。荇子とて祝詞の写しを頼まれなければ思い出しもしなかった。ちなみに荇子が先日出した神祇官への依頼とは、この件である。

実は二回目の儀式が、来月に行われることになっているのだ。

「神祇官ですね」

書状を大切そうに押し頂いたあと、はねずは踵《きびす》を返して去っていった。ほっとしてその後ろ姿を見送る荇子に、からかうように弁内侍が言った。

「ひとまず、最初の騒動は采配できたわね」

午後になって清涼殿に出向くと、台盤所《だいばんどころ》にいた命婦が待ちかねていたように近寄ってきた。

「主上がお呼びよ」

内心でげんなりとしつつ、荇子は奥の襖障子《ふすましょうじ》を見る。指名での呼び出しなど、どうせ厄介事《やっかいごと》に決まっている。被害妄想ではなく、近頃はすっかり便利屋扱いだ。

帝が荇子を重用するのは能筆《のうひつ》が目に留まったゆえだと世間は思っているが、実はそうではない。

荇子が帝といくつかの秘密を共有しているからだ。

そのうちのひとつかふたつは、征礼と如子も知っている。しかし荇子と帝しか知らぬ秘密があるのだった。その秘密を守るために他の者に依頼できない。結果として荇子への帝の依存の比率が高くなっているのである。

襖障子を開き、母屋《もや》にあたる昼御座《ひるのおまし》に入る。御帳台《みちょうだい》と三尺几帳を迂回《うかい》すると、平敷御座《ひらしきござ》に座った帝の後ろ姿が見える。

荇子は膝をつき、低い声で訪《おとな》いを告げた。

「江内侍でございます」

帝は上半身を反転させた。今月朔日《ついたち》の更衣《こうい》を終えて、御引直衣《おひきのうし》は二藍《ふたあい》から白の小葵《こあおい》文様に様変わりしている。三十歳の男盛り。盤領《まるえり》から伸びる首から顎《あご》にかけての描線は、名工の手による彫像のごとく完璧《かんぺき》な形である。

知性と憂《うれ》いを湛《たた》えた端整な面差《おもざ》しに、近頃わずかながらも愛嬌《あいきょう》を感じるようになったのは、見る側の諦めと妥協《だきょう》の産物なのかもしれない。

（本当に家を下さるのなら、いくらでも働きますよ）

自らに言い聞かせるよう、胸の内でつぶやく。

このまま内侍の禄《ろく》で、帝の駒《こま》として使われつづけることは割があわない。しかし諸大夫という父の身分を考えれば、荇子の昇進はこれが限界だ。

漠然《ばくぜん》と不満を抱いていたとき、まるでその心境を見透かしたように帝が告げた。

『あの邸の権利は、そなた達に半分ずつ与えよう』

自分の資産である四条《しじょう》の邸を、いずれ荇子と征礼に譲《ゆず》ると帝は約束した。二人でどのような形で譲り受けるのかもいまのところ話しあってもおらぬが、都に実家を持たぬ荇子にとって、将来的に住む家を確保できることは心強い。だから身分は内侍のままでも、身を粉《こ》にして働くと決めたのである。

その四条邸が、いまかりそめの主として迎えているのは――。

「江内侍、こんにちは」

御簾《みす》のむこうで響いた若々しい声に、荇子は目を瞬かせる。端近《はしぢか》まで近寄り、そろそろと御簾をあげると、孫廂《まごびさし》に座る竜胆宮《りんどうのみや》の姿が見えた。艶々《つやつや》とした黒髪を角髪《みずら》に結い、先日仕立てたばかりの萌黄《もえぎ》の半尻《はんじり》をつけている。

十四歳のこの美少年は、即位をしないまま位を返上した先の東宮《とうぐう》、北山《きたやま》の宮《みや》の忘れ形見である。色々な経緯があって、いまは四条邸に仮住まいをしている。

「これは竜胆宮様。お元気そうでなによりです」

そう言ってから荇子は、竜胆宮を挟むようにして座る二人の人物にも目をむける。

一人は征礼だった。そしてもう一人の冠直衣《かんむりのうし》姿の年配の男性は、神祇伯・稚彦王だ。直衣での参内《さんだい》を許可する雑袍勅許《ざつほうちょくきょ》は、高位の者にしか下されない。神祇伯は五位相当だが、稚彦王自身は四位を授かっているので不当ではない。

心持ちなで肩気味の体軀《たいく》を包む白の袍の下に、うっすらと浅葱色が透けて見える。宿老的立場にある年配の者の直衣の袷はこの組み合わせとなる。これがさらに年を重ねると裏地は白の平絹となる。

時雨《しぐれ》の空のような色の髪は、年の割には豊かできちんと結われているので貧相な印象がない。静かに年を重ねてゆくそのたたずまいは、皇孫としての気品に満ちている。

それにしても、これはいったいどういう取り合わせかと苻子は首を傾《かし》げる。

「江内侍」

稚彦王が話しかけてきた。

「御前で申し上げるのも恐縮だが、祝詞は無事に受け取った。そなたの写しも瑕疵《かし》なきものであった」

「……もうご覧になっていただけたのですか?」

苻子は驚く。はねずを神祇官に遣いにやったのは、今日の午前中だ。なにより長官たる稚彦王が、自ら目を通してくれたことが意外過ぎた。

稚彦王は穏やかに話をつづけた。

「まこと評判に違わず、良き手蹟《て》の持ち主であるな。女子にとって真名《まな》(漢字)は不慣れなものであろうに、それをまったく感じさせぬ。しかも男子のように気負った書体ではなく、書字を楽しんでいることが伝わってくるおおらかな文字であった」

大方の女子と同じで、苻子も漢字はあまり得意ではない。曲がりなりにも学者の娘だから漢籍を読むことはできるが、作文にかんしては精通しているわけではない。必然的に書字も自信はない。

しかし祝詞は、和文なのに表記に主に漢字を使うのだ。これは漢文とはちがう日本独特の漢字の使い方で、真仮名《まがな》という。その物珍しさも手伝ったのか、今回は漢字を書くことが苦にならなかった。むしろ新鮮で楽しかった。絵を描くような感覚に近かったのかもしれない。そうやってなにげなく書いた文字を思いもよらぬ形で褒められたのだから、これは望外の喜びだ。

「ありがとうございます」

「あれだけの真名が書けるのであれば、いずれは立派な宣命を記せるやもしれませぬ。主上、実に頼もしい女房をお持ちですな」

稚彦王がさらりと口にした、立派な宣命という言葉に荇子は少なからず緊張した。この場合の宣命とは奉書の一種である。

「ああ、頼りにしている」

冗談めかした口ぶりで帝が答えたとき、その緊張はさらに増した。

奉書の作成はもとより内侍司《ないしのつかさ》の仕事だが、それはあくまでも仮名で記される女房奉書でしかない。

しかし宣命はちがう。祝詞と同じで、漢字を使って和文を記すのだ。これは本来、男性官吏《かんり》の仕事である。

いずれ立派な宣命を記せるやもしれませぬ。

女子である苻子にその言葉が告げられた。もちろんただの世辞かもしれぬし、あるいは若い女房をからかう気持ちで言ったのかもしれなかった。だから稚彦王の言葉だけでは、苻子もたいしたことは思わなかった。

けれど帝の〝頼りにしている〟という返答を聞いたとき、苻子は思ったのだ。もしかしたら自分にならできるのではないかと——それはほんのせつな、脳裡《のうり》をかすめた程度の思いに過ぎなかったのだけれど。

苻子の思惑など知らぬ竜胆宮が、朗らかに語る。

「今日の参内は、父宮の三回忌《さんかいき》にご参列いただいた皆さまに、あらためて礼を申し上げるためでございました。つい先ほど、藤侍従《とうのじじゅう》の案内で殿上間《てんじょうのま》をお訪ねしてきたところです」

「まあ、さようでございましたか。そのお年でそこまでお心遣いができるとは、ご立派でございますこと」

「私の知恵ではございません。主上が薦めてくださったのでございます。三条大納言《さんじょうのだいなごん》にもご紹介いただきました」

「三条大納言は、竜胆宮様の健《すこ》やかで聡明なお人柄をすっかりお気に召したようでございましたよ。あの様子でしたら、加冠《かかん》もお引き受けくださるでしょう」

征礼の称賛に、竜胆宮は照れくさそうな顔をする。

帝が竜胆宮の加冠を、三条大納言に依頼したのはつい先日のことだった。しかし面識のない相手への加冠にはさすがに即答は避け、はっきりした承諾《しょうだく》はまだ得られていないということだった。

とうぜんの反応である。帝が強引に要請をすれば三条大納言も引き受けざるを得ないだろうが、そんなことをすれば竜胆宮との関係に軋轢《あつれき》が生じかねない。ひとまず顔合わせをさせて、その人柄を知らせるのは依頼する側の礼儀であろう。そのために三条大納言のほうを御前に呼びよせるのではなく、竜胆宮を公卿《くぎょう》達が集まる殿上間に連れていかせた。

なんとなく、帝の思惑に目途がついた。

神無月《かんなづき》の朔日に帝と竜胆宮の会合の場に同席したあと、荇子は思った。帝は竜胆宮を、自分の後継者として考えているのではないのかと。

入内《じゅだい》して数年経つ帝の二人の女御《にょうご》は、いまのところ懐妊の気配がない。母となることに関心のない麗景殿《れいけいでん》女御はそれで願ったりの部分もありそうだが、子ができない可能性を考えても対策は講じておくべきだろう。のちの混乱を避けるための、帝位にある者の義務である。

今回竜胆宮に参内を薦め、公卿達と顔合わせをさせたのには、その根回し的な意図があったのではあるまいか。

「江内侍」

あらためて帝が呼びかけた。

「せっかく参内したのだ。竜胆宮に御所を案内してやれ」

ここにきて帝が自分を呼びつけた理由が判明した。目的がそれだけなら他の女房でもよさそうだが、色々と剣呑《けんのん》なものを抱えるこの若君の世話役は、秘密に通じている荇子が適役だ。

「承知いたしました。皇親の方でございますから、いっそ賢所《かしこどころ》にもご挨拶《あいさつ》いただきましょうか」

「それを申すのであれば、夜御殿《よるのおとど》もでしょう」

同じく皇親である稚彦王が、まるで茶々を入れるように言ったので、荇子と征礼、そして帝も声をたてて笑った。しかし当の竜胆宮はきょとんとするばかりである。先の東宮の子といえ、この年まで宮中とは縁無く育った少年は、あるいは神器にかんする知識を持たぬのやもしれなかった。

「賢所と夜御殿には、それぞれ神鏡と剣璽《けんじ》が安置されているのだよ」

荇子の懸念《けねん》を見透かしたかのように、稚彦王が言った。しかし竜胆宮の怪訝《けげん》な顔から察するに、まだよく分かっていないようだった。若者の無知を侮《あなど》ることなく、稚彦王は丁寧《ていねい》に話をつづける。

「三種の神器とは、皇位を継承した証とされる神宝のことだ。正式には八咫鏡《やたのかがみ》、草薙剣《くさなぎのつるぎ》、八尺瓊勾玉《やさかにのまがたま》とお呼びする。天孫・瓊瓊杵尊《ににぎのみこと》が高天原《たかまがはら》から地上に降りるさい、皇祖神・天照大神《あまてらすおおみかみ》から授けられたと伝わっており、歴代の帝に継承されてきた。そのうち鏡と玉の由来は、皇祖神が弟神・素戔嗚尊《すさのおのみこと》の暴虐に立腹し、天岩戸《あまのいわと》にお籠《こ》もりになられてしまったことにある。神々が策を練り、皇祖神に岩戸から出ていただいたときに使われたものだ」

物語を語るような稚彦王の説明に、竜胆宮は理解を得たらしい。彼は黒々とした眸《ひとみ》を好奇心に輝かせた。

「天岩戸の話は聞いておりましたが、それが神器の由来になるとは存じませんでした。八《や》咫《た》に八尺と称されるということは、よほど大きなものなのでしょうか？」

八尺の尺は言わずもがなだが、実は八咫の咫という文字も長さを表す単位で、一咫が親指と中指を広げた長さとされる。個人差は出てくるが、それの八掛けだから円周にしてもかなり大きい。

「残念ながら、それは誰も存ぜぬ。古来より神器は、何人《なんぴと》も目にすることはまかりならぬとされているものゆえ」

従来通りの説明を述べたあと、稚彦王はあらためて語る。

「空想ということを前提に話せば、単位は時代によっても異なってくるので、神器を称する『八』という文字は、具体的な長さではなくむしろ大きいものに対する美称としたほうが自然ではないかと私は思っている。つまりはとても大きな鏡と、とても大きな玉ということだ」

内侍という立場上、神器は頻繁《ひんぱん》に目にする。もちろん箱に入ったものだが、あれから大きさを想像するに、稚彦王の説が正しいように苻子も思った。

「それでは残るひとつの神器。神剣の由来はどうなっているのでしょう?」

「草薙剣は、素戔嗚尊が退治した八岐大蛇《やまたのおろち》の尾から出たとされている」

天岩戸の騒動のあと、素戔嗚尊は高天原を追放された。

やがて彼は遠く離れた出雲の地にたどりつき、生贄《いけにえ》を求めて人々を苦しめていた八岐大蛇を退治し、そのさいに草薙剣を得たのである。周知のこの物語に、しかし竜胆宮は首を傾《かし》げた。

「出雲で素戔嗚尊の得た剣が、なぜ高天原におわす皇祖神のものとなったのです?」

「素戔嗚尊が、姉神に献上したからだよ」

「自分を追放した相手にですか?」

なるほど、言われてみればもっともな指摘だ。神話として単純に受け止めていたが、そんな因縁《いんねん》を持つ弟が、姉に神剣を献上する感情が分からない。少年らしい勝気な疑問である。

「神々の御心など、私のような凡愚《ぼんぐ》にはよくは分からぬ。されど普通に考えて、己の愚行への罪滅ぼしの気持ちがあったのだろう。なにしろ素戔嗚尊は、高天原で暴虐のかぎりを尽くしておるからな」

そこで稚彦王はいったん口をつぐみ、一段声を低めた。

「もっとも尊が、まことに悪いと思っていたのかどうかは存ぜぬ」

「どういうことですか?」

穏やかではない発言に、竜胆宮は身を乗り出して尋ねる。五つ、六つの男童《おのわらわ》のようなありさまだ。

「素戔嗚尊は、代表的な荒ぶる神だ。そう、素直に反省なさるとも思えぬからな」

「ちがいないな」

稚彦王の答えに、それまで黙っていた帝が声をあげて笑った。荇子もつられるように笑う。なにしろ素戔嗚尊は、機織《はたおり》小屋に馬の死骸《しがい》を投げ入れ、織女《しょくじょ》一人を死に至らしめた程の悪童だ。なんのためにそんなことをしたのかまったく意味不明だが、ともかく一筋縄でいく神ではない。

見ると稚彦王も征礼も笑っている。一人だけ出遅れた感じになった竜胆宮だったが、一拍おいてから彼も笑いだした。清らげな少年の姿に目を細めたあと、稚彦王は帝のほうにむきなおった。

「それにしても、北山の宮にかような若きお子がいらしたとは存じ上げませんでした」

「伯は、北山の宮とは面識があるのか？」

「特に親しくしていただいたわけではございませぬが、年の頃が近うございますので、お顔は存じておりました。私も年を取って記憶もかすんできておりますが、若君はどちらかというと母上に似ておいでのようですな」

つまり北山の宮と竜胆宮は、あまり似ていないということだ。

北山の宮が稚彦王と同世代だというのなら、竜胆宮はそうとうに遅い子供だったということになる。一粒種《ひとつぶだね》の竜胆宮を前にしてこんなことを思うのもなんだが、そんな年寄りの妻となるために連れてこられたという南院《なんいん》家の傍流の姫君は、さぞかし嫌だったのではあるまいか。

話が途切れたのを見計らい、荇子は帝と竜胆宮、二人のどちらにともなく促す。

「そろそろ参りましょうか？」

竜胆宮に御所を案内するように命じられていたはずだが、そのあとの雑談が思いの他に長引いてしまった。

ふと、稚彦王が視線を動かす。柔和《にゅうわ》な彼の眼差《まなざ》しが、平敷御座《ひらしきござ》上の帝をとらえる。帝は眉根をわずかに寄せたあと、一拍おいてから征礼に申しつける。

「そなたも江内侍と一緒についていってやれ」

「え？」

征礼ではなく、荇子が声をあげた。御所の案内に征礼をついていかせる意味が分からない。どう考えたって荇子のほうが詳しい。また妙な冷やかしかと邪推してしまう。これまでも帝は幾たびか、荇子と征礼の仲を進展させようと余計な嘴《くちばし》を挟んできた。

「承知いたしました」

征礼が立ち上がった。荇子はきょとんとする。唯一無二の寵臣《ちょうしん》である征礼だが、帝のこの手の気の回し方にだけはいつもなら抗議するような反応を見せていた。それがあっさりと承諾《しょうだく》したからだ。

訝《いぶか》しく思いつつも、荇子は竜胆宮と連れ立って清涼殿を出る。

簀子《すのこ》を進みながら、荇子はちらりと後ろを振り返った。御前には稚彦王だけが残っている。ちょうど征礼が追いついてきたので、荇子は尋ねた。

「神祇伯《じんぎはく》は、主上になにか御用があったの？」

「俺も詳しくは知らないけど、来月の『出雲国造神賀詞《いずものくにのみやつこのかんよごと》』の件で、なにかお報せしたいことがあるらしい」

「神賀詞で？　いったいなにを？」

「それを人前で言えないから、俺がこうして席を立ったんだろうが」

征礼の返答に荇子は合点《がてん》がいった。帝はほとんど急に征礼に同行を命じたから、稚彦王もあらかじめ人払いを口にしていたわけではなかったのだろう。目を合わせただけで稚彦王の意図を察した帝も、すぐに主君の意図を組んだ征礼もたいしたものだ。

はたしてこの主従の絆《きずな》に入り込む余地があるものなのか――近頃とみに二人から協力を要請される立場として、荇子はちょっとばかり自信を無くしてしまうのだった。


神鏡に異変が起きている。

そんな由々しき事態に気づいたのは、一の権掌侍《ごんのないしのじょう》だった。

奉仕のために朝一番に賢所《かしこどころ》に入った彼女が、色を失って内侍所《ないしどころ》に戻ってきた。そのとき荇子は如子とともに書き物をしていたのだが、一の権掌侍のただならぬ様子にはすぐに気が付いた。

「どうしたの？」

　この季節に油虫は出ないと思うが、そんな感覚で気軽に尋ねたあと、わなわなと手を震わせる権掌侍にたじろぐ。少し奥にある自分の文机《ふづくえ》の前にいた如子も不審な顔をする。繁菱《しげびし》の地紋が入った蘇芳《すおう》の生地に、薄紅の糸で桐の花を織り出した二陪織物《ふたえおりもの》の唐衣《からぎぬ》。文綾の青丹の表着《うわぎ》という組み合わせからは、内裏女房《だいりにようぼう》唯一の上臈《じようろう》の貫禄《かんろく》がにじみでる。

　中に入ってきた一の権掌侍は、荇子を一瞥《いちべつ》してから如子の前に座る。荇子は心得て、彼女達の間近に膝行《しつこう》した。三人の距離が縮まったところで、一の権掌侍は声をひそめた。

「神鏡の箱が、開けられたのやもしれません」

　息を呑《の》む荇子の傍《かたわ》らで、如子も表情を硬くする。

　にわかには信じがたい報告を確認するため、三人は賢所に向かった。

　入口で手と口を清めてから内陣まで進む。御灯明《ごとうみよう》が上がる中、祭壇《さいだん》上に備えた榊《さかき》と神饌《しんせん》の奥に、錦の袋に入った鏡箱が奉置してある。内侍として八年目にもなる荇子には見慣れた光景だった。

　そこから見た限り、特に変わった様子は見られなかった。

　しかしさらに距離を詰めると、一の権掌侍が指摘した異変が明らかになる。

袋の上にかかった組紐の結び目が変わっていた。

いつもはきれいな形の蝶結びなのに、歪んだ縦結びになっていたのだ。

「誰がこんなことを？　私達が目にしたときにはなにもなかったわ」

昨朝、荇子は弁内侍《べんのないし》とともに賢所に奉仕した。特に意識して確認したわけではなかったが、連日のように目にしているので、なにか変化があればすぐに気づく。少し経験を積んだ内侍であれば、みな同じだろう。だからこそ一の権掌侍も目敏《めざと》く気がついたのだ。

つまり昨日の朝に荇子が賢所を出てから、今朝になって一の権掌侍が入るまでの間に事は起きたのだ。となればどうしたって、賢所の前で言い争いをしていた二人の女孺《にょうじゅ》の顔が浮かぶ。

荇子達三人は祭壇の周りを囲み、なす術《すべ》もなく神鏡の入った箱を見下ろしていた。

やがて如子が、考えを整理するようにゆっくりと言った。

「結び目が変わっているということは、誰かが紐を解いたことだけは確実なわけね」

「埃《ほこり》を払うことすら憚《はばか》られるといわれる神器に対して、なんと不遜《ふそん》な真似《まね》を」

憤《いきどお》る一の権掌侍の横で、荇子は黙考する。

あの女孺達がかかわっているとしたら、目的はなんだ？　状況的に関連を疑わざるを得ないが、そんなことをする理が彼女達にあるとは思えない。

「それで、神鏡は無事なの？」

誰に対するともない如子の問いに、荇子と一の権掌侍は口をつぐむ。

そうだ。紐を解いた形跡があるのなら、中に異変があっても不思議ではない。損壊やすり替え、もちろん盗難の可能性もある。となればすぐにでも、中身を確認したいところなのだが――。

「わかりません」

荇子の答えに、如子は屋根裏を仰《あお》いだ。

神器は何人も目にしてはならぬものとされ、見た者には祟《たた》りがあるとさえ言われている。しかし見なければ、異変の確認はできない。それどころか所在そのものも不明である。

もしかしたら、この箱の中身はすでになくなっているのかもしれないのだ。

荇子は箱に手を伸ばした。だしぬけの行動に如子と一の権掌侍はぎょっとする。その二人の目を無視して、荇子は箱を持ち上げた。蓋を開けずとも、重さを確かめれば所在の有無だけは確認できるかと思ったのだ。

手にした箱に、ある程度の重みはあった。

しかしこれが常と同じ重さかと問われれば、必ずしも断言はできない。

なにしろ神鏡は、その箱でさえ滅多に手にすることがない代物《しろもの》だ。これが剣璽《けんじ》であれば帝の行幸に伴って動座《どうざ》もするが、神鏡はそれもなく賢所に奉置されつづけている。祭壇の修繕や交換等のやむにやまれぬ事情で動かすことはあったが、本当に数えるほどだ。

諦めて箱を戻した苻子に、如子と一の権掌侍は驚異すら含んだ眼差しをむける。

「驚いた。ずいぶんと思いきったことをしたわね」

如子は言った。責める口調ではなく、むしろ感心しているような口ぶりだった。

「でも、分かりませんでした」

「揺らしてみたら？　中に入っているのなら音がするはずよ」

一の権掌侍が提案する。苻子の行動を見て、彼女も大胆《だいたん》になったようだ。しかし如子はそれを否定した。

「音がしたとて、それが神鏡である証拠がないわ」

単純な盗難ではなく中身がすり替えられていたら、箱を揺らしただけでは真偽は分からない。そうやって考えると苻子が箱を抱えて重さを量ったことも、なんの意味もなかったことになるのだが。

短い沈黙のあと、遠慮《えんりょ》がちに一の権掌侍が問う。

「ならば、いかがいたしましょう？」

「主上に奏上し、御判断を仰ぐしかないわね」

如子ははっきりと答えた。それしかないと荇子も思った。もはや内裏女房達の手のみでは処理しかねる。これは帝が、太政官《だじょうかん》に審議をするよう勅《ちょく》を下す案件だ。

こうなると如子の動きは素早い。

「いまから申し上げてまいります」

「あの、内府典侍《ないふのすけ》」

早々と踵《きびす》を返しかけていた如子を、荇子はあわてて呼び止めた。如子は足を止め、怪訝《けげん》な面持《おもも》ちを浮かべる。

「なに？」

「実は昨日――」

荇子は二人の女孺のことを話した。

「それはぜひとも、その者達から話を聞かなくてはならないわね」

「では私と一の権掌侍で話を聞き、典侍に報告いたします。主上への奏上は――」

「それはもちろん私がするわ。女孺達に聞き取りをすることも含めて、きちんとお伝えします」

如子が即断したので、荇子と一の権掌侍はたがいに目配せをしあった。

何者かが賢所に入りこみ、神鏡に不遜を働いた気配がある。それゆえ神鏡の安否が案じられる。

この如子の奏上は、瞬く間に御所中に広まった。

事情を知った諸卿達の動揺《どうよう》は甚《はなは》だしく、すぐにでも陣定《じんのさだめ》（朝議）を開き、対応を協議しようという話になったのだが、帝のしばし待てという命により阻まれた。二人の女孺から聞き取りを終えてからのほうが、話し合いが建設的なものになるからだった。合理的である。

しかし苻子がはねずを呼びだせたのは、翌日になってのことだった。

もちろん昨日のうちに話を聞くつもりでいたのだが、つかまらなかった。午後から街に出たと聞いたときは、もしや逃げだしたのではとひやりとしたが、荷物が置いたままだかららそれはなかろうというので少し安心した。

外出の表向きの理由は親戚《しんせき》の顔を見に行くというものだったが、おそらく恋人と一緒なのだろうと女孺頭は言った。ゆえに行き先の目途が立たないというのである。

『なにせあの見栄えですから、引く手あまたですよ』

人目を惹《ひ》くはねずの顔立ちを思い出し、苻子は納得した。さすがに公卿《くぎょう》、殿上人《てんじょうびと》は無理でも、あの美貌《びぼう》なら諸大夫《しょだいぶ》あたりの目に留まる可能性は十分にある。そうなればはねずの身分を考えれば、まずまず上等の相手と言ってもよいやもしれぬ。

やきもきしながら一晩を過ごした荇子のもとに、はねずが戻ってきたという報せがきたのは早朝だった。さような理由から一日間が空いての聴取となったのである。ちなみにこならへの聞き取りは、昨日のうちに一の権掌侍《ごんのないしのじょう》が済ませている。

なぜ二人の聴取を分けたのかというと、あのように不仲の者達を同席させては面倒なことになりかねないからだ。ゆえに一人ずつ話を聞くことにした。荇子ははねず、こならを一の権掌侍が、それぞれに受け持った。

梨壺《なしつぼ》にある荇子の局《つぼね》の前、下長押《しもなげし》を挟んだ先の簀子《すのこ》にはねずが座っている。御簾《みす》は上げているので、表情はもちろん一挙手一投足《いっきょしゅいっとうそく》まで観察することができる。

今回の騒動に自分になんらかの嫌疑がかけられていると察したはねずは、強い口調で自分の関与を否定した。

「私はなにもしておりません」

「別に疑っているわけではないわ」

荇子は言った。こんなふうに詰問しておいて、その言い分もいかがなものかと思う。しかしそれは本音である。おかしな言いようだが、疑わざるを得ないこの状況でも、荇子は二人の女嬬を疑ってはいないのだ。

なにしろ神鏡に害をなす利が彼女達にはない。単に鏡が欲しかったのなら、女房の持ち物から盗んだほうがよほどやりやすい。

苻子の言葉にはねずは胸を撫《な》でおろした。

「ならば良かったです。今朝戻ってきたら、ものすごい騒ぎになっていたので、そんな大変なことが起きたのかと心配していたのです」

「大変なことにはちがいないのよ」

ため息をつく苻子に、はねずは虚をつかれた顔をする。

「なにしろ御神鏡は、箱の埃《ほこり》をはらうことさえ憚《はばか》られるといわれる代物なのよ。封じていた紐を解くなど言語道断。まして御霊代《みたましろ》（この場合は神鏡のこと）に万が一のことでもあればどうなることか」

「あの鏡が無くなることは、そんなに大変なことなのですか……」

はねずははっきりと困惑している。竜胆宮のことを考えれば、女嬬が神器に詳しくなくともおかしくはないが、この感覚で賢所《かしこどころ》に出入りしていたのだから、畏《おそ》れ知らずにもほどがある。

そもそも神鏡は無くなったと決まったわけではない。依然として箱の中にあるかもしれないのだ。しかし蓋を開けられないから確認ができない。

客観的に考えて、滑稽《こっけい》である。

これだけ御所が騒いでいれば、はねずが鏡は紛失したものと思い込んでいても不思議ではない。ましてその神秘性を理解していない者からすれば、存在の有無を確認せずに騒いでいるとは夢にも思ってもいないのかもしれない。

しかしそれを説明するのも、恥をさらすようで気乗りがしない。紛失していないと断言できるならそれでもするが、現状では不明である。はねずが言うように、神鏡は盗まれているかもしれないのだ。

煩《わずら》わしさから細かい説明を放棄し、荇子は要点を尋ねる。

「掃除をしているときに、なにか違和感のようなものはなかった？」

「存じません。そもそも私ははたきをかけるまでしかしておりませんので――」

そのあたりで遅れてやってきたこならと、あのときの喧嘩《けんか》となったらしい。その仲裁ののち、荇子ははねずだけを神祇官《じんぎかん》に行かせた。

「ですから、なにか知っているのならこならのほうが」

「あの娘にはもう、一の権掌侍が話を聞いているわ。特に異変は感じなかった。結び目にかんしても、意識して見ていなかったので覚えていないと言っていたそうよ」

はねずの目に安堵《あんど》の色が浮かんだ。然《しか》りであろう。後から入ってきたこならが、自分が入室したときに結び目が変わっていたと証言すれば、あらゆる疑念が一気にはねずにむけられる。

分かりやすい反応に、苻子はそっと溜息をつく。

「さっきも言ったように、別にあなた達がなにかをしたと思っているわけじゃないわ」

「でも……」

なにか言いたそうに切り出したあと、はねずは口ごもる。

苻子は憂鬱《ゆううつ》になる。この状況ではしかたがないことだが、人を疑うというのはやはり嫌な気持ちだった。しかしそれを言うのなら、あれこれ詰問される側のはねずとこならのほうがよほど嫌だろう。

やりとりが途切れ、もう訊くこともないかと苻子が思ったときだった。

「御神鏡って、どのような鏡なのですか」

思いがけないはねずの問いに、苻子は返答に窮《きゅう》する。

知るわけがない。何人《なんぴと》も見てはならぬとされ、目にした者には禍《わざわい》が降りかかるとまで伝えられている代物《しろもの》だ。その形体を知る者が、いまの世にいるはずがない。文献等を探せばなにか書いてあるのかもしれないが、あいにく苻子にはそんな知識はない。

「誰も知らないわ」

正直に答えると、はねずは疑うような顔をした。あきれているようにも見えた。神器の神秘性に造詣《ぞうけい》がない者の目には、いまの御所の騒ぎようはさぞ滑稽に映ることだろう。

「誰も見たことがないのですか？」

確認するようにはねずは言った。これは絶対あきれているのだ。そう思うと荇子の言い方もつい投げやりになる。

「そうよ」

「そうですか……」

そこではねずは一度言葉を切り、やがてひそめた声で告げる。

「こならが、鏡を持っているのを見ました」

告発の真意がとっさには分からず、荇子はしばし思案する。

しかし落ちついて考えれば、この間合いでそれを言うはねずの意図は明白だった。こならが神鏡を盗んだことを示唆《しさ》しているのだ。

はやる気持ちを抑え、つとめて素っ気なく荇子は言う。

「女子で鏡を持っている者は、別に珍しくもないわ」

「女房の皆様はそうでしょうけど、私達の身分では気軽に持てる物ではありません。しかもこならはここで働きはじめてまだ三、四か月ですから、鏡のような高価な物を贖《あがな》う余裕などないかと」

そんな新前だったのか。どうりで見た記憶がなかったはずだ。

はねずの主張は、指摘されれば一理ある。女孺《にょうじゅ》でもある程度の貯えがあれば鏡ぐらい持っているかもしれない。しかし十三、四歳といった年回りのこならにそんな余裕があるとは思えなかった。

とはいえ、だからこならが神鏡を盗んだとするのは安直すぎる。本人が贖ったものではなく、誰かから譲《ゆず》られた可能性だってある。現に荇子の鏡とて、実家にあった品を持ってきたものだ。

そもそもの問題として、神鏡が盗まれているか否《いな》かも確認ができていない。たとえ見分のためにこならに鏡を提示させたところで、それが神鏡かどうかなど誰にも証明ができない。なにしろその実態は誰も知らないのだから。

（馬鹿々々しい――）

そう思うと、自然と口調がつっけんどんになる。

「情報として聞いておきます。けれど先ほども申したように、そもそもがあなた達を疑っているわけではないのよ。そんなことをする理由がどちらにもないでしょう」

「私はございませんが、こならにはあると思います」

やけに堂々とはねずは言った。他人の思惑をここまで断言する心境は理解できぬが、内容としては耳を傾ける価値はある。

「それはなにゆえ？」

「大人しいふりをしておりますが、あの娘は腹の中で私達を、いえ、どうかしたら女房の方々さえも軽んじているのです」

してやったりと言わんばかりの物言いには、これまでためてきたであろう鬱憤がにじみ出ていた。確かに荇子からしても、こならの第一印象はよくなかった。寡黙さからは内気な気質よりも不遜《ふそん》を感じた。いかにも気が強そうなはねずとの間に、なんらかの軋轢《あつれき》があってても不思議ではない。

「こならの家は、南都の時代には藤家に負けぬほどに興隆していた名族だったとか……まあ、あくまでも本人が言うにはですけど。ですから世が世であれば、自分は女嬬などしていなかったと思いあがっているのです」

はねずは鼻で笑うが、一概に妄想とも言えない。藤家との政争に敗れて衰退した名族は山のようにある。伴《ばん》、橘《たちばな》、紀《き》等々と、さして見識のない荇子が思いつくだけでもいくつかある。とはいえこれらの名族の失脚はいずれも平安京に移ってからのことで、権勢はなくとも貴族としての身分だけは保っていると思うのだが。

「知らなかったわ。なんという氏なの？」

「よく覚えちゃいませんよ。そもそもが与太《よた》っぽいし……飛鳥《あすか》の地で栄えていた一族だとか言っていましたけど」

およそ想像もつかないほど、昔の話である。

いにしえの大和《やまと》にはいくつかの都や帝の宮殿が存在していたが、飛鳥はその中でももっとも古い地区のひとつである。

苻子は飛鳥にまでは行ったことはなかったが、幼少期を過ごした大和では、妙な形をした土器や青銅器、そのかけらのようなものがちょいちょいと見つかっていた。近所の寺僧《じそう》によれば、副葬品であろうということだった。

この付近にはかつての皇親や当時の豪族の墓が数多《あまた》にあり、そのほとんどは甚だしい盗掘被害を受けており、そのさい盗人《ぬすっと》が彼らにとって価値のない土器を捨てたのだろうと彼は語っていた。

飛鳥の地に有力な人達が住んでいたのは、それほどに昔である。御陵《ごりょう》は別として、薄葬《はくそう》が主流のいまの世では巨大な墓など造らない。いずれにしても、そんなはるか昔のことを言われても現実味に欠ける。こならの矜持《きょうじ》をはねずが侮《あなど》るのは無理からぬことやもしれなかった。

「ですから、こならが女房の皆様方を困らせようとする理由はあるのです」

鬼の首でも取ったかのように訴えるはねずに、荇子の気持ちは冷えた。

紐の結び目がどうであったかと問われたこならは「覚えていない」と言った。おそらく正直に答えたのであろう。もしこならがかかわっていて、それを隠そうとしたのなら「異変はなかった」と言うはずだ。

あるいはそりのあわないはねずに罪をきせる邪心が少しでもあれば「結び目はすでに変わっていた」と証言するだろう。少なくともそれをしなかっただけ、こならの人柄ははねずより信用できるのではないか。

さりとて人間性だけを頼りに、犯人捜しをするわけにはいかない。他の第三者の可能性はもちろんあるし、こならの証言もはねずを庇《かば》ってのものではなく、さすがに自分の罪を他人にきせることにはためらいがあり、曖昧《あいまい》にぼかしたという可能性もある。

はねずを帰らせたあと、荇子は脇息《きょうそく》にもたれてしばし沈思していた。先程の訴えを真に受けるべきかどうか、ずっと思案していたのだ。

やがて脇息から身を起こし、端に置いた唐櫛笥《からくしげ》に近寄る。奥から鏡箱を取り出して蓋《ふた》を開けると、円形の真澄鏡《まそかがみ》に己の顔が映りこむ。眉間に深いしわが刻まれている。我ながら気難しい顔だと思うと、今度は鏡の中の自分は苦笑いを浮かべた。

「八咫鏡《やたのかがみ》って、どんな形をしているの？」

自問したところで、答えが出るはずもなかった。しかしそれが分かれば、次第によってはこならの潔白は証明できる。彼女の持つ鏡が、神鏡と別の意匠《いしょう》であると分かればよいのだ。

二人の女嬬のことを疑ってはいないと言ったが、さりとて彼女達の容疑が完全に晴れたわけではない。なにしろこならもはねずも、この件に無関係だと断言できるものがなにもない。

そのうえであのはねずの証言が広まれば、こならには疑惑の目がむけられるだろう。賢所《かしこどころ》を預かる立場として、このような場合の疑念はいかに些細なものでも常に持っていてよい。しかしそれは老若男女《ろうにゃくなんにょ》、貴賤《きせん》を問わず、すべてに先入観なく平等でなくてはならない。疑わしいから、あるいは身分が低いからという理由だけで、容易に人を罪人に仕立て上げるわけにはいかないのだった。

二人の女嬬の証言により、内侍司《ないしのつかさ》がさらなる混乱に陥《おちい》ったことはいうまでもなかった。

荇子と一の権掌侍《ごんのないしのじょう》の報告を聞いた如子は、頭を抱えこんだ。

「その女嬬がかねてよりその鏡を持っていたのであれば、今回の騒動とは無関係という証明になるけど、それはどうなの?」

「本人はここに来た時に実家から持ってきたと言っておりますが、いかんせん人付き合いの悪い娘なのでそれを証明できる者がいないのです」

「一人も?」

「最後の手段で乙橘《おとたちばな》にも探らせましたが、あの娘の人脈を持ってしても付きあいのある者は見つかりませんでした」

女蔵人《にょくろうど》の乙橘こと橘卓子《たちばなたくこ》は、荇子の縁者にあたる後輩女房だ。十四歳の潑溂《はつらつ》とした美少女で、とにかく交友関係が広い。物怖《ものお》じしない性格と愛らしい姿形で、老若男女、貴賤を問わずに様々な者達と親しくしている。

その彼女をしても、こならと親しくしている者は出てこなかった。つまりこならの日常に詳しい者がいなかったのだ。とうぜん今回の騒動以前に、彼女が鏡を所有していると証言できる者はいなかった。

見たものを「あった」と断言はできるが、見ていないものを「なかった」と断じることはできない。それこそ「見ていない」としか言えないのだ。

「まったく、共同生活でそんなに敵を作るなんて困った娘ね」

呆《あき》れ果てたかのような如子の発言に対し『どの口が言う？』という己の心のうちは、さすがに表に出すことができなかった。見ると隣の一の権掌侍も、微妙に視線をそらしている。内侍司で近寄りがたいが話の通じる上司の如子は、実は藤壺《ふじつぼ》に仕えていた時は、その容赦《ようしゃ》ない舌鋒《ぜっぽう》で同僚の女房達から嫌われまくっていたのだ。

三人で頭を抱えているところに、淡紅《うすくれない》の唐衣《からぎぬ》をつけた弁内侍《べんのないし》が入ってきた。

「今回の調査に、近衛府《このえふ》が介入することになりました」

弁内侍は台盤所《だいばんどころ》に詰めていたから、朝議を立ち聞きしたのだろう。ということは本日の陣定《じんのさだめ》は宜陽殿《ぎようでん》ではなく、清涼殿の殿上間《てんじようのま》にて行われたことになる。

「陣定で、そんな結論になったの？」

さして驚いたふうもなく如子は訊いた。近衛府は宮中の警護を管轄《かんかつ》するから、彼らの介入は妥当な結論ではある。もはや内侍司だけでは手に負えない。

「近衛府より先に、神祇官《じんぎかん》に訊いたほうが良い気がするけど……」

皮肉っぽく苻子がこぼした言葉に、如子が素早く反応した。なぜ？　という顔をする彼女と目をあわせたあと、苻子は他二人の同輩にも交互に目配せをした。

「そもそもの話として、封じていた紐を解いたことで、なにか影響があるのかが知りたいのです。もしなにも障《さわ》りがないのであれば、神鏡の所在さえ確認できれば、ひとまずは問題ないわけですよね」

内心ではみな引っかかっているはずだ。

今回の件は、二つの罪状を分けて考えなくてはならない。

神鏡を収めた箱に、許可なく触れた者がいることは間違いない。そして紐を解き、結びなおしたことも事実としてある。そしてこの不敬《ふけい》はあきらかに処分に値する。ゆえに捜査はせねばならぬが、一刻も早く真相を突き詰めねばという事態ではない。

急務を要するのは、箱の中にあるはずの神鏡に異変が起きていた場合だ。なにかあったのだとしたら、盗難であれ損傷であれすぐにでも対応を協議せねばならない。しかしこちらは罪状そのものがあきらかではない。

「蓋を開けずに、神鏡の存在を確認する方法なんてあるの？」

半ば諦め気味の如子の問いに、荇子は渋い顔で首を横に振る。

できるわけがない。だから、これだけやっきになって紐を解いた者を探している。その者に鏡の所在の確認をするしか術はないのだ。

「千里眼《せんりがん》でもなければ無理ですよね。陰陽寮《おんみょうりょう》か真言院《しんごんいん》に、どなたかいらっしゃいませんかねえ」

「そんなことができると堂々と名乗りを上げる者など、逆に胡散臭《うさんくさ》すぎるでしょう」

けんもほろろに如子が言い捨てた。自分で切りだしておいて言うのもなんだが、荇子もまったく同意だった。まだ卜占《ぼくせん》のほうが説得力がある。

三人の内侍が同時に肩を落とすと、それを叱咤《しった》するように如子が言った。

「江内侍の言い分には一理あるわ。紐を解くことによる影響の有無を、神祇官に問い合わせてみましょう。そのうえでなにもないのなら、まずは神鏡の状態を確認することに集中できる。まあ陣定ではごちゃごちゃ言うでしょうけど、主上であれば納得してくださるでしょう」

さすが、わかっていらっしゃいますね。

一連の話を聞いたとき、帝は慌てふためきもせず『それで中身は無事なのか？』と尋ねたそうだ。蓋を開けることが叶わない旨《むね》を伝えると、うんざりした顔で溜息をついたということである。

他の事であれば強《し》いてでも確認させただろうが、いかんせん目にした者に禍《わざわい》が生じると伝えられるのだから強制もできない。今上《きんじょう》はとんでもない食わせ物にちがいないが、暴君ではないのだ。

「では江内侍。神祇官に問い合わせの書状をしたためてちょうだい」

「承知いたしました」

荇子は膝行《しっこう》して、自分の文机《ふづくえ》の前についた。頭の中で文章の構成を考えながら、ゆっくりと墨《すみ》をすりはじめた。

どうやら神鏡は盗まれてしまったらしい。

女孺《にょうじゅ》をはじめとした下級女官、はては端女《はしため》から僕《しもべ》の間では、すっかりそういう話として広まってしまっていると教えてくれたのは卓子だった。

荇子が台盤所に詰めていると、御匣殿《みくしげどの》からの品を持って卓子がやってきたのだ。手にした御衣櫃《みぞびつ》には、冬向けの綿入りの御衣が収まっている。卓子が所属する貞観殿《じょうがんでん》に置かれた御匣殿は、帝の装束《しょうぞく》を調進する部署だった。

「厨女《くりやめ》から、神鏡が盗まれたって本当ですか？　と出し抜けに訊かれたのでびっくりしました」

珍しく戸惑ったふうに卓子は言う。朽葉色《くちばいろ》の唐衣と茜色《あかねいろ》で染めた表着《うわぎ》が、初夏の日差しのように潑溂とした表情にもこの季節らしい趣《おもむき》を添えている。

「どこでそんな尾ひれがついたの？」

横にいた命婦《みょうぶ》が首を傾《かし》げる。箱に異変があったことは事実だが、神鏡がどのような状態にあるのかが分からないままだというのは、女房達には共通した認識だった。

しかしはねずとのやり取りを思いだせば、そうなっていても不思議ではないと荇子は思い直す。実際にはねずは、神鏡が紛失したものと思い込んでいる節があった。それを毅然《きぜん》と訂正できなかったのも苦しい状況である。

はねずに対して荇子は、神鏡が無事だとは言わなかった。こならに聴取をした一の権掌侍も同じだろう。分からないのだから答えようがない。唯一それが分かるのは、紐を解いた者だけだ。だからこそこれほどやっきになって、その者を探しているのだ。

荇子は屋根裏を見上げ、嘆息《たんそく》した。

「必ずしも尾ひれとは言えないわ。もしかしたら箱は本当に空《から》かもしれない」

「だったら天か地が割れるなり、なにか起きそうだけどね」

荇子の皮肉に、物騒な言葉で命婦は返す。どう思ったのか卓子は「厨女には、私は新前なのでよく分からないと答えておきました」と言った。このあたりの空気を読む能力は相変わらずである。盗まれたと断言もできないが、無事だという保証もない。その意味でよく分からないという答えは正しかった。

「厨女から聞いたのですが、宮中警護の陣官達（近衛府の下級官人の総称）は、野菜を運んできた商人にまで当時の状況を聞いているようですよ」

「って、その人達はこんな奥まで入ってこないでしょう」

「僕や端女は官服を着ていないから、もし入ってきたとしても区別はつかないわ。こうなったら些細な関係でも、全員調べ上げるつもりね」

「やれやれ大変ね。陣官達も」

「それはそうなのですが、中にはけっこう荒っぽい人もいて、端女や僕でずいぶんと手荒く調べられて怖い思いをした者もいるみたいですよ」

「それは気の毒ね」

語りあう卓子と命婦の横で、荇子は御衣櫃を持って立ち上がった。手がふさがっているので命婦に奥の襖障子《ふすましょうじ》を開けさせて母屋《もや》に入る。白い帳《とばり》で囲った御帳台《みちょうだい》の先に回ると、平敷御座《ひらしきござ》に帝が座っている。脇息《きょうそく》にもたれてじっとしているが、斜め後ろからなので表情まではよく分からない。見えたところで、この人がなにを考えているのかなどしょせん分からないのだが。

「主上」

少し離れた場所で声をかけると、帝は肩をねじるようにしてこちらをむいた。荇子の顔を見ると、左手をくいっと動かして傍に来るように促した。

荇子は間近までより、帝の前に御衣櫃を置く。

「冬の御装束が仕上がってまいりました。昨今はだいぶ冷えこむようになってまいりましたので、ご希望であればいつでもお申しつけください」

「分かった。しかしもう少し構わぬだろう」

いったん衣装に目を通してから、帝は御衣櫃を緩く押し返した。確かに、まだ綿入れを着るほどではない。荇子が櫃の縁に手をかけたときだった。

「江内侍は、朱砂院《すさいん》という御方を知っているか？」

「……朱砂院？」

鸚鵡返《おうむがえ》しにその名をつぶやき、荇子は記憶を探る。あるようなないような感じだが、その程度にしか思い出せないというのは知らないと同じことだ。

「御名に聞き覚えがあるような気はいたしますが、詳しくは存じ上げません。院というからには、上皇様でございましょうか？」

「私が生まれるよりも前、いまから四十年以上も前に在位なされていた帝だ。即位して数年後には譲位《じょうい》なさり、若くして身罷《みまか》られた」

そこまで聞いても、やはりぴんとこない。

いまひとつ響かぬ荇子にかまわず、帝は独り言のように結論を告げた。

「その方の御落胤《ごらくいん》が出雲で育ち、来月の神賀詞《かんよごと》のさいに上京するらしい」

「はい？」

思わず頓狂《とんきょう》な声をあげる。

そもそも朱砂院という方を知らないから、最初から話がうまく入ってきていない。

帝、ないしは上皇の御落胤という存在はしばし聞く。しかしその御子がなぜ出雲にいるのだ。高貴な方が物詣《ものもうで》等で都を出ることはままあるが、せいぜい書写山《しょしゃざん》（兵庫県）や比叡《ひえ》山《ざん》あたりまでで、遠くても高野山《こうやさん》に熊野三山《くまのさんざん》ぐらいである。

出雲に御幸《ごこう》なされた上皇など、荇子は聞いたことがない。あるいは関係を持った女人《にょにん》のほうが、のちに出雲の移ったということなのか。首を傾げる荇子に、帝は淡々と説明をつづける。

「退位後、朱砂院は全国ほうぼうの霊地を巡歴なされた。そのうちのひとつ、出雲に滞在なされていたとき、現地の神職の娘と結ばれたらしい。母親も御落胤の息子もすでに亡くなっているが、十七歳になる孫娘が暮らしているそうだ」

「孫娘ですか……」

自覚のないまま、荇子はひそやかに安堵《あんど》していた。

東宮が不在の現状で、皇族男子はどうしても注目される。つい最近、竜胆宮の存在が明らかになったばかりなのに、このうえ新たなる皇族男子の出現は、波乱を呼び起こしかねなかった。

(まあ、私が心配することじゃないけど)

自嘲《じちょう》交じりに思いはするが、竜胆宮にはそれなりの思い入れがあるので言葉ほどには割り切れていなかった。

「朱砂院様は、出雲でお子が生まれたことをご存じだったのですか?」

「知っていたら、いまになってかような騒ぎにはなっていない。院には他に子がいなかったから、たとえ鄙《ひな》の娘とはいえ無視はなさらなかっただろう。ご本人は出雲から帰京なさる最中に、咳《しわぶ》き病みをこじらせて身罷られたらしい」

つまりわが子が生まれる前に、不慮《ふりよ》の病で亡くなったというわけだ。そうなっては母親も都にどう伝えるべきか術《すべ》もなかったのだろう。母系で子を育てるこの国で、家に父親がおらぬことなど珍しくもない。

「神祇伯《じんぎはく》の説明では、その娘は出雲で祝《はふり》(神職の職名のひとつ)を務めているそうだ。それもあって来月の神賀詞に参加するという話だった」

「先日、神祇伯が参内《さんだい》なされておいでだったのは、そのことをお伝えするためだったのですか?」

荇子の問いに帝はうなずいた。なるほど、稚彦王が敢えて人払いをした理由がこれで合点《がてん》がいった。醜聞《しゅうぶん》とまでは言わぬが、あまり人に触れ回るような内容でもない。

「ご年齢からすると、伯は朱砂院のことをご存じなのでは？」

「同世代、同性の皇親という所以《ゆえん》で、親しくしていたそうだ。才気煥発《さいきかんぱつ》なうえに眉目秀麗《びもくしゅうれい》な方だったらしい。あれを出雲の女人が放っておくはずがないと語っていた」

そのように優れた人物が、なにゆえ若くして譲位をしたのか？　突き詰めるときな臭《くさ》い話が出てきそうだが、ここでそれを探る必要はなかった。訊いたところで帝も生まれる前の話などよく知らぬだろう。

「来月の上京にさいしてその娘をどう遇したものかと、ここ数日はそればかりをずっと考えあぐねていてな」

「……それはばかり？」

「従五位か、あるいは正五位でもよいかとも思うのだ。授けるのは位階だけで官職ではないから面倒なことにもならぬだろう。そもそも母方は尊貴ではないが、神職なら家柄そのものは悪くない。なんといって皇胤《こういん》となるわけだから。しかし神祇伯が、出雲国造《くにのみやつこ》が去年の就任時に叙爵《じょしゃく》（はじめて従五位下を授かること）を受けたばかりだから、いくら女子でも正五位はまずいと言うのだ」

「あの、主上……」

ここまでのやりとりでさすがに不審を抱き、おそるおそる荇子は切り出す。

「なんだ？」

「神鏡の件は、お耳にはいっておりますでしょうか？」

御所中が右往左往する中での帝のこの反応は、事態を知らぬのではと疑ってしまう。如子は奏上したと言っていたし、そのあとの帝の反応も聞いているが。

よもやの疑念を抱く荇子に、さらりと帝は答えた。

「もちろん聞いている。だがあれこれ思い煩《わずら》う必要はなかろう。紐を解いた者が見つかればその者を問い詰める。見つからねば、最終的には蓋《ふた》を開けて確認するしか方法がないのだから」

「……」

いったい誰だ、この方を即位させたのは？　という暴言が喉元《のどもと》まで出かかったが辛《かろ》うじて耐えた。簡単に言うな！　と声を荒らげたいところだが、なんといっても真実である。本当に最後の手段としてはそれしかないのだ。

こうなると慌てふためいている自分達が阿呆《あほう》のようだが、そこに文句は言えない。なんせ神鏡への奉仕は内侍司《ないしのつかさ》の役割で、こうなった原因は荇子達の管理不足にある。

むすっとしたままなにも言わなくなった荇子を、帝は一瞥《いちべつ》する。

「そう気に病むな」

見ると帝は、心持ち困ったような顔をしている。

これはひょっとして、慰めようとしてくれているのか？　いや、それよりも、実に品のない言い方だが——。

（ご機嫌を取ろうとしている？）

思いついたとたん心が震えた。畏《おそ》れ多いのと、申し訳ないのと、ちょっとだけの優越感という種々の感情が入り混じっている。

そわそわと落ちつきをなくす荇子に、帝は話をつづける。

「神鏡そのものに不遜《ふそん》が生じているのなら、世になんらかの異変が起きるだろう。しかし実際にはなにも起きていない。逆に言えば神鏡に障《さわ》りがあったとしても、その程度のことでしかないということだ」

先程、命婦《みょうぶ》も似たようなことを言っていた。祟《たた》りがあるという伝承が本当なら、天が割れるか、地が裂けるかしそうなものだと。しかし晩秋の空は澄みきっており、天候が荒れる気配はない。来月の新嘗祭《にいなめさい》にはさぞかし質の良い新米を献上できることだろう。

すっと、肩の荷が軽くなった気がした。

ならば対応を急《せ》く必要はない。それよりも慎重に当たるべきだ。なににせよ急いては事を仕損じる。

「そこを念頭に置き、ひるまずに対応にあたるようにせよ」

やはりこの御方は話が通じる。苻子は片膝を前に出して、少し詰め寄る。

「神鏡に万が一の事態が生じた場合、どのようなことが起こりうるのか、またその場合はいかように対応をすべきなのかを神祇官に調べていただいております」

「――さすがだな」

「お褒めにあずかり光栄です」

「そのさすがのそなたを見込んで、ひとつ調べてもらいたい」

「……」

ここぞとばかりの帝の命令に、苻子はげんなりと眉を寄せた。

「出雲の神宝、ですか？」

台盤所壺《だいばんどころつぼ》に立つ内蔵頭《くらのかみ》は、確認するように苻子の要求を繰り返した。緋色《ひいろ》の袍《ほう》を着けた中年の官吏《かんり》とは、葉月《はづき》末に起きた唐錦《からにしき》の騒動のさいに面識を持っていた。とはいっても内蔵寮を訪ねたときに挨拶《あいさつ》をした程度のもので、知己《ちき》とまでは言えない。それなのに荇子の依頼の文に遣いを寄越すのではなく、寮《りょう》（省、職に次ぐ役所。陰陽寮や典薬寮など）とはいえ長官が自ら足を運ぶとは意外であった。

荇子は端近《はしぢか》に寄り、御簾《みす》に顔を寄せていた。今朝掃き清めた簀子《すのこ》に、赤く色づきはじめた楓《かえで》の葉が一枚落ちている。

「はい。来月に執り行われる出雲国造神賀詞《かんよごと》に備え、前回奉《たてまつ》られた神宝を確認したいと主上は仰《おお》せでございます」

内蔵頭は、ううむと首をひねった。さもありなん。国造の代替わりの儀である出雲国造神賀詞が前回行われたのは半世紀近く前のことだ。見た感じでは四十を少し越した程度のこの官吏が詳しいはずがない。

「前回の神賀詞……」

本当にあの帝は、突飛なことばかり言い出す。

直前に出雲の御落胤《ごらくいん》の話をしていたから、思いつきではないかと疑うほどの唐突さだった。しかも蔵人達《くろうど》を通すのは面倒だからという理由で、荇子に手配するように命じてきたのだ。蔵人所こそお役所的な煩雑《はんざつ》な手続きを省略するための令外の部署なのに。

「いかがですか、お分かりになりますでしょうか？」

「それはもちろん。保管はしているはずですから、探せば見つかりましょう。されど当所が管理する御物は膨大な量ゆえ、少々お時間をいただけますでしょうか」

「けっこうでございます。急ぎはしないと、主上も仰せですから」

出入費が多い部署だから、特に古いものなどは所在がすぐには分からないだろう。年数を考えたら、外の倉庫に移している可能性もある。

「お手数をおかけします」

「いえいえ、他ならぬ江内侍の依頼ですから」

さらりと告げられた言葉に荇子は目を円くする。内蔵頭とは顔見知りだが、他ならぬという程の付き合いはない。しかも彼の物言いには異性に対する性的な要素もなかったからかえって意味が分からない。

「藤侍従にはとても世話になっておりますので、よろしく伝えておいてください」

「……」

征礼の口から内蔵頭の話など聞いたことがない。位は同じでも、職掌《しょくしょう》や年齢差を考えれば、さほど親密にしているとは思えない。そもそも荇子自身がまだどう形容して良いのか分からずにいる征礼との関係を、なぜ赤の他人であるこの男が意味深に言うのか。

別に腹を立てているわけではない。宮中で生きる者が、この類《たぐい》の噂《うわさ》にいちいち神経を尖らせていたら心身がもたない。

ただ、いろいろと驚いた。

自分と征礼の関係が大内裏《だいだいり》の役人にまで知られていることもだが、なにより征礼の彼らへの影響力にである。

少し前、帝はいずれ征礼を引き上げるつもりでいることを荇子に示唆《しさ》した。そうなれば公卿《くぎょう》達は黙っていないだろうから、荇子は彼を支えてゆくと腹をくくった。それはさほど前のこととは認識していなかったが、ひょっとして自分が思っている以上の速さで、事態は進んでいるのだろうか？

にわかに焦燥《しょうそう》感と動揺《どうよう》がおしよせ、鼓動が落ちつかなくなる。

間に合うか？　自覚と実力が――。

内蔵頭は御簾のむこうで、媚《こび》を含んだ声音《こわね》で言った。

「あのお若さで主上の信頼を得ているのですから、将来は安泰ですな。有能な上にお人柄もよいときているのですから、江内侍はまことに殿方《とのがた》を見る目がおありだ」

翌日。もう一度現場を確認すべきだという如子の提案に従い、荇子は彼女と一緒に賢《かしこ》所《どころ》に入った。二人でというのは賢明な判断だ。迂闊《うかつ》に一人で行動しては、なにかあったときに証明ができないことを今回の件で痛感した。

聞いた話では、はねずとこならは陣官達から厳しい追及を受けたのだという。彼らも必死であろうが、相手が身分の低い女官と侮《あなど》って、かなり威圧的な態度をとったのではあるまいかと心配になる。

朝の務めに一区切りがついた頃の賢所の中は、東からの日差しが御簾の隙間《すきま》から差し込み、床や柱にまだらな模様を刻みつけていた。

内陣に入ると、祭壇《さいだん》上には錦にくるまれた鏡箱が依然としてある。数日前に荇子が持ち上げてから、おそらく誰も触れていない。そんな胆力《たんりょく》の者がいれば、この八方塞《はっぽうふさ》がりの状況を進展させるため「箱を開けよう」と言い出しているだろう。それが一人も出てこない現状を考えると、重さを確認するために箱を持ち上げた自分の行動はなんと大胆であったのかといまさら思う。

荇子と如子は、祭壇の前に二人並んで立った。縦に結ばれたままの組紐に、荇子はかねてよりの疑問を口にする。

「敢えて縦結びにしたのは、犯人の挑発なのでしょうか?」

神鏡の紐を解くという己の大胆な行動を知らしめ、かつ逆さ事として見る者に薄気味悪い印象をも与える。

「おそらくそうでしょうね。子供ならともかく、大人は意識をしないと縦結びにはなかなかならないから」

幼少の頃は、きれいな蝶結びにできずに縦結びとなることもしばしあった。見た目はもちろん、逆さ事として縁起もよくないので見つかるたびに乳母《めのと》に直させられたものだ。しかし大人になって蝶結びの習慣がつくと、かえって縦結びを作るほうが難しい。

「ならば犯人は、自らの行為を世間に知らしめたかったということですね」

「だとしたら、私益目的の盗難ではなくなるわね」

如子の指摘は的《まと》を射《い》ている。利益を得るために鏡を盗んだのなら、犯行が発覚しないように工作するだろう。ならば故意に結び目を変更するなどありえない。

犯人がつかまらない現状では、蓋を開けないかぎり神鏡の有無は確認できない。その状況でこんなことを論じるのもおかしな話だが、仮に盗まれていたとしても、結び目を変えていなければ盗難そのものに気づかなかった可能性はある。

「つまり犯人は自分が箱に触れたこと……あるいは神鏡を盗んだことを、世間に知らしめたかったということですね」

「だとしたら誰が、なんの目的でそんなことをするの？」

「考えうる動機は二つあります」

躊躇《ちゅうちょ》なく答えた苻子に、如子は目を瞬かせる。

「一つ目は神鏡を傷つけることで、帝、ないしは皇室の威信を揺るがすことです。ですがこちらは動機としてはありえても、そんなことをして利を得る人物に見当がつきません」

壬申《じんしん》の乱《らん》や薬子《くすこ》の変《へん》の時代でもあるまいし、いまはそんな強硬手段を用いて帝位を簒奪《さんだつ》するような時代ではない。よくも悪くも朝廷が安定しているので、帝位の動きはあくまでも政治的駆け引きが中心となっている。

「なるほどね。では、もう一つの動機は？」

「内侍司《ないしのつかさ》に対する、嫌がらせか報復です」

それどころではないと、いまはあまり追及されていないが、今回の件にかんしてのちのち内侍司が責任を問われることは必定だった。

そしてこの推察に至ったとき、苻子の頭にははっきりとこならの顔が浮かんだ。

飛鳥の都で栄えた名家の末裔《まつえい》だという彼女は、腹の中では女房達ですら軽んじていると聞いた。明確に彼女を嫌っている、はねずの言い分を鵜《う》呑みにはできないが、かといって嫌がらせの一言で退けるわけにもいかぬ証言だった。

如子は静かにうなずいた。

「……確かに、その説はありそうな気がするわ」

そこまで話して荇子達は、いったん賢所を出ることにした。神聖な場所できな臭《くさ》い話をつづけることはやはり気が咎《とが》める。

薄暗い内陣から廂《ひさし》に出ると、御簾《みす》の隙間から差しこむ太陽の光がまぶしく感じる。目をすがめつつ内侍所《ないしどころ》に足をむけたときだ。

「江内侍」

呼び掛けられて見ると、馬道にはねずが立っていた。よほど急いできたのか、肩で息をしている。彼女の背後にある戸口は開け放たれたままだ。

「どうしたの？」

「ご覧ください。これがこならが持っていた鏡です」

はねずがあたかも盾のように突き出したものは、円形の銅鏡《どうきょう》だった。この位置からでは背面の意匠《いしょう》は分からない。しかしこちらにむけられた鏡面には、下長押《しもなげし》と柱、そして荇子がまとう木蘭色《もくらんじき》の衣の裾《すそ》が、それぞれ一部映りこんでいる。

こならが神鏡を盗んだにちがいないというはねずの主張を、荇子は数日前まで受け流していた。けれど先程の自分の仮説を思い出せば、無視もできなくなる。内侍司への嫌がらせで神鏡に不敬《ふけい》を働くという行為が、女房達に対する反感ゆえというのは動機として成り立つ。

（まさか、本当に神鏡？）

よもやの疑念に至った途端、あらゆる負の可能性が、熱湯に生じる気泡のように次から次へと浮かんでくる。それがあまりにも矢継《やつ》ぎ早《ばや》過ぎて、ひとつひとつへの処理が追い付かない。

はねずに自覚はないようだが、これが神鏡であれば恐るべきふるまいだ。素手でわしづかみにして、人目に晒《さら》すなどあまりにも畏《おそ》れ多い。

どうしよう、どうしたらいい？

自問する中、横でひそやかな呼吸音が聞こえた。

見ると如子が、目を閉じたままゆっくりと肩を上下させている。自らの気持ちを静めようとするかのように。

その姿に憑《つ》き物《もの》が落ちたように動揺が静まる。そうだ。どのみち、とうに不敬は極めているではないか。神罰や祟《たた》りがあるというのなら、いまさら避けようはなかろう。ならばいまさらじたばたしたところで同じことだ。

息を吐ききったところで、如子は静かに瞼《まぶた》を持ちあげた。そうして落ちついた声音で言った。

「見たところで、それが神鏡であるかどうかなど私達には分からないわ」

「こんなに古そうな鏡なのに、傷んだ様子もないのです。どこかで大切に保管されていたものに決まっています。ならば神鏡だと考えてもよろしいのでは」

普通に聞けば、はねずの訴えは一理ある。

しかし内侍司は、神鏡を箱ごと管理していた。ゆえに八年の宮仕え歴を持つ荇子も、鏡を磨いたことは一度もない。普通の銅鏡であれば、曇りきってもはや使い物にならなくなっているはずだ。

しかし目の前の鏡には、ものがくっきりと映し出されている。

ゆえに神鏡ではないと言えるし、神鏡だからこんな不思議な現象が起きたとも言える。

ふと気配を感じて目をむけると、正面の御簾の間から弁内侍《べんのないし》が顔を出していた。土間造りの馬道を挟んだその先に内侍所がある。そこに詰めていたのだろうが、これだけ騒々しくしていればどうしたって様子を見にくる。

「典侍《ないしのすけ》、どうぞご審議——」

荇子ではもはや埒《らち》が明かぬと判断したのか、はねずは如子に訴えかけた。その彼女が一歩前に出たはずみだった。戸口から差しこんでいた光が、鏡面に反射した。眩《まぶ》しさから思わず目を閉じた荇子の耳に、弁内侍の驚きの声が響く。

「なに、これ？」

荇子は弁内侍の視線を追う。反射光が、荇子達が立つ位置より少し西に垂らした御簾に円形に映し出されていた。斜めの位置からちらりと目にした光景に、荇子は大きく瞬きをする。

「これは……」

「動かしてはなりません」

鋭い口調で如子が言った。それがはねずへの命だというのは、この場にいる全員が即座に理解しただろう。なにしろ彼女が動けば、いま目の前に起きている不可思議な現象が確認できなくなるやもしれなかった。

はねずは術でもかけられたように身を固くした。それを見てから、荇子と如子は切馬道《きりめどう》を渡って内侍所側に移動した。

正面から、御簾に映った円形の反射光を見て、荇子と如子はうめいた。

「これは？」

「なにゆえ、このような……」

通常であれば鏡の反射光は、太陽を写し取ったような光を放つ。

しかしこの鏡の反射光はちがっていた。

黄金色の円の中に、陰影による細かい文様がびっしりと浮かび上がっていたのだ。鏡面には、なんの模様も刻まれていないにもかかわらずだ。なにもない鏡面を反射して、なぜこのような不可思議な現象が起こるのか。ただの鏡とは思えぬ――荇子はごくりと唾《つば》を飲んだ。

（やはり、本物の神鏡？）

いったん静まったはずの心が、ふたたび動揺《どうよう》する。

あれが神鏡であれば、いますぐにあの鏡を取り上げて、然《しか》るべき場所に収めるべきなのか？

「典侍――」

判断を仰《あお》ぐべくかけた声は、激しい足音にかき消された。

戸口から飛び込んできた者は、こならだった。その形相《ぎょうそう》の激しさに、荇子はひるんだ。怒りと興奮で顔が真っ赤になっている。こならはものすごい目ではねずをにらみつけた。荇子達など一瞥《いちべつ》もしていない。

「この、盗人《ぬすっと》が！」

叫ぶなりこならは、はねずを引っぱたいた。ぱあーんと乾いた音が響き、はねずは大きくよろめいた。身体《からだ》は踏ん張ったが、そのはずみで鏡が手から零《こぼ》れ落ちた。

「なにをするのよ！」

うたれた頰《ほお》を押さえたはねずは、その手でこならの頰を叩き返した。勢いにそれほど差があったとも思えぬが、こならは身体の均衡を崩して土間に倒れこんだ。地面に身体を打ち付ける音がして、こならはしばらく動けなくなった。そこに容赦《ようしゃ》なくはねずが襲い掛かろうとした。

「ちょ……」

「やめなさい！」

荇子と弁内侍が同時に悲鳴をあげ、如子が声高に制止する。

同時にはねずの動きが不自然に止まった。

征礼だった。彼がはねずの腕をつかんで、その乱暴を制止していた。

「もういいだろう。相手は倒れているぞ」

「先に手を出してきたのはあっちです」

はねずは強気で言い返すが、さすがに二十一歳の男が相手では動きを封じられる。

倒れたこならの様子を見ようと、荇子は階《きざはし》を下る。三段程降りたところで、こならが低いうめき声を漏《も》らしながら、そろそろと身を起こした。まだ朦朧《もうろう》としているのか、ひどいしかめ面《つら》だ。唇が切れたのか、打たれた側の口角にわずかに血がにじんでいる。

「大丈夫？」

おそるおそる弁内侍が問う。その彼女も荇子について階を降りようとしていた。

弁内侍の声が、まるで長鳴鳥《ながなきどり》の鳴き声を聞いたようにこならを覚醒《かくせい》させる。彼女は先刻までの所作《しょさ》とは比べ物にならない俊敏さであたりをきょろきょろと見まわし、土間に放られたままの銅鏡《どうきょう》を見つけると、獲物を見つけた猫のように飛びついた。

「私の御鏡《おかがみ》……」

安堵《あんど》と焦りを入り交えた声音《こわね》を漏らし、こならは鏡を手に取ろうとした。しかし――彼女がそれを持ち上げた瞬間、ぽきりと音をたてて鏡は真っ二つになった。

「ひっ……」

こならが悲鳴ともうめきともつかぬ声をあげる。

馬道の中で、空気が凍った。

あの程度の衝撃で、硬い銅鏡が割れるなど、ありえないことだった。

しかし現にぱっくりと割れた。こならの左右の手には、それぞれ半分になった鏡が残っている。

銅製品がかくも簡単に割れることも面妖だが、なにより先ほど目にした光景がはっきりと瞼《まぶた》の裏に焼きついている。反射光の中に映し出された文様は、この場にいる三人の女房全員が目にした。あまりにも不可思議な現象に、もしや神鏡ではと疑った。それが目の前で、かくも無残に割れた。

（もしも、これが神鏡であれば——）

衝撃のあまり、それ以上、考えることができない。

皆が呆然《ぼうぜん》とする中、こならのすすり泣きのみが馬道に響く。

「私の御鏡が……」

まるで親の形見を失ったかのような嘆《なげ》きようだった。なんだってこの娘はこんなに悲嘆《ひたん》にくれているのだ。女房達への嫌がらせで神鏡に害をなしたのなら、それこそ願ったりの結果だろうに——。

そんな考えがよぎったあと、荇子はふと冷静になる。

そうだ。神鏡ではなく自分の持ち物だからこそ、こならはここまで嘆いているのではないか。

見ると征礼は、すでにはねずから手を離していた。この状況では、はねずがこならに襲いかかる心配はあるまい。

「どうしたの？　なにかあったの」

「それはこっちの言い分だけどな」

半ば呆《あき》れたように征礼は言った。騒動の途中で飛び込んできた彼は、はねずとこならが喧嘩《けんか》に至った経緯を知らない。

「はねず」

呼びかけたのは如子だった。はねずは決まりの悪い顔をする。鏡の破損は、さすがに想定外だったのだろう。

「あなたはこの鏡を、こならの所有物の中から断りなく持ち出してきたのね」

「断りを入れたりしたら隠されてしまいますよ。盗難の証拠品として見ていただきたかったのです。みなさまが、なかなかこの娘を追及してくださらないから」

はねずの物言いは、はっきりと非難めいていた。確かにはねずは、こならの鏡が怪しいと早くから訴えていた。荇子はあまり受けあわなかったが、はたして陣官達はどう対応していたのだろう。

あるいは鏡の盗難が確認できない状況では、紐を解いた者を探しだしてその状況を尋ねる方が彼らの中では先だったのかもしれない。なにせこならの持つ鏡が神鏡だとしたら、保身も含めて迂闊《うかつ》に目にするわけにはいかないのだから。

はねずの訴えを如子は一蹴《いっしゅう》した。

「まだ盗難と決まったわけではないわ」

「盗んだ物に決まっています。先ほどの不思議な光をご覧になったでしょう。あんな奇妙なことが普通の鏡に起きるわけがないですよ」

はねずは強く反論するが、自分と如子のやりとりがかみ合っていないことに気づいていない。如子の発言は『神鏡の盗難』という犯行の有無そのものを疑問視したうえでのものだが、はねずの訴えは神鏡が盗まれた前提でなされている。

「なにもない鏡の光に模様が浮かび上がるなんて、神鏡でもなければ――」

「神鏡ではない」

嚙《か》みつくようなはねずの訴えは、場違いに落ちついた声にさえぎられた。

見ると戸口の先に、稚彦王が立っていた。橡《つるばみ》の袍《ほう》をまとった束帯装束《そくたいしょうぞく》。たたずまいからは、有識者としての皇孫《こうそん》の品格が漂っている。

なぜ、この方がここに？　いや、そんなことよりも――稚彦王はもっとも重要なことを口にした。

神鏡ではないと、彼は断言したのだ。

訝《いぶか》しい顔をする荇子達をよそに、稚彦王は下枠をまたいで屋内に入る。そして奥でしゃがみこんだままのこならに、鏡を見せるように命じた。

「……嫌です」

声を震わせて拒絶したこならに、如子は表情を険しくする。然りである。身分差、状況を鑑《かんが》みれば許しがたいふるまいだ。まして稚彦王の要求は没収等の横暴ではなく、証明のための観察なのだから。

「この御鏡は、古くから一族に伝わる物です。私が都に上がるときに、祖母がお守りとして持たせてくれたのです。どなたであろうと他人には渡せません」

鏡に対する執着の理由を、こならは説明した。それが本当であれば、神鏡とは無関係となる。なればこそなおのこと鏡を提供すべきだと大人の頭では思うのだが、心のよりどころでもある鏡の破損に大きな衝撃を受けたばかりである十三、四の若輩《じゃくはい》の娘は、そんな冷静な判断に容易に及べない。

「こなら、落ちついて」

諭《さと》すように荇子は言った。

加賀内侍の代理を請け負った立場として、荇子には女孺《にょうじゅ》達を采配《さいはい》する義務があった。

「なにもあなたの鏡を取り上げようという話じゃないわ。神鏡の件にかんして、あなたの潔白を証明するための手段なのよ。神祇伯《じんぎはく》は博識な方ゆえ、その鏡がれっきとしたあなたの物だと証明してくださるにちがいないわ」

荇子の説得に、はねずが心外だという顔をする。こならが神鏡を盗んだと決めてかかっている彼女からすれば、そんな反応にもなるだろう。だが——そのあたりの追及も、ひとまずは稚彦王の話を聞いてからだ。

苻子の説得を受けてもまだ、こならは不服気な顔で動こうとしない。親しくしている者が見つからなかったという卓子の証言を思い出す。なるほど、この性格ゆえに皆から疎《うと》まれているのか。

いらつきを覚えた苻子は、少しばかり声を尖らせた。

「このままふてくされて拒絶をつづけるようであれば、力ずくで没収という対応になりかねないわ。別に証拠を出せと言っているのではない。けれど子供ならともかく、その年で自分の言葉と行動で否定ができないのなら、疑われてもしかたがありません。そんな剣呑《けんのん》な事態になる前に、はっきりと自分の口でかかわりを否定なさい」

如子ばりの芯を喰った厳しい指摘に、弁内侍《べんのないし》と征礼は少しひるんだ顔となった。いっぽうで如子は、心から賛同するようにしきりにうなずいている。

最初は不貞腐《ふてくさ》れ、途中からうなだれつつ苻子の話を聞いていたこならは、やがてのろのろと立ち上がった。そして戸口まで歩いてゆき、稚彦王に割れた鏡を渡した。

鏡を受け取った稚彦王は、身体《からだ》を反転させて戸口の外に出た。太陽の光の下でしっかりと確認をしているのだろう。

「お前、神祇官になにか依頼の文を書いただろう」

いつのまにか征礼が傍に来ていた。

「あ、うん」

神器そのものではなく、箱を封じた紐を解くことになにか差し障《さわ》りがあるのか？　そのことを問い合わせる文を出したところだった。

「それで伯が、自らこちらに足を運ばれていた」

荇子は目をぱちくりさせる。神賀詞《かんよごと》の祝詞《のりと》のときといい、なぜ自分のような内侍程度の者の依頼に、稚彦王がそこまで丁寧《ていねい》に応じてくれるのだろうか？　内蔵頭《くらのかみ》の媚《こび》を呈した姿を思い出したが、この品の良い皇孫にそんな思惑があるとは思えなかった。そもそもそんな欲がある人物なら、殿上人《てんじょうびと》の仕事を免除してもらったりしない。

「ちょうど途中で出くわして、そこまでご一緒していたけど、ものすごい音がしたから俺だけ先に駆けてきた」

「そういうことね……」

こんな騒動が起きたばかりの賢所《かしこどころ》で物音がすれば、内裏《だいり》に仕える者であればみな慌てふためいて駆け付けてくる。しかし還暦《かんれき》を過ぎた稚彦王に、二十一歳の征礼のように動けというのは酷《こく》である。ちなみに征礼が内侍所《ないしどころ》に足を運ぶことは、別に珍しくもない。特に近頃では頻繁《ひんぱん》だ。仕事のみではなく、荇子に会うという私的な用事も含めてものすごく増えた。おかげで同輩達からよく冷やかされている。

稚彦王が外にいる間、如子は表情を変えずにこならを見下ろしていた。本人にそのつもりはなくても、冷ややかな美貌《びぼう》がにらみつけている印象を与える。鏡が割れた直後は不遜《ふそん》な態度を取っていたこならだが、如子の迫力にすっかり身をすくめている。可哀想《かわいそう》な気はするが、こならの態度にも大いに問題があったのでよい薬やもしれぬ。

いっぽうはねずは、そわそわした様子で戸口のむこうに目をむけている。荇子が口にした『潔白の証明』をどう受け止めたのかは分からぬが、決まりが悪い思いをしていることは間違いなかろう。

ほどなくして稚彦王が、馬道に戻ってきた。

皆が答えを待つ中、左右の手それぞれに鏡の破片を持って彼は告げた。

「これは神鏡ではなく、投光鏡《とうこうきょう》だ。それゆえ、かように無残に割れたのであろう」

銅鏡《どうきょう》を限界まで研磨《けんま》すると、部分的に布のように薄くなった鏡面はしなり、背面の模様と逆方向のおうとつができる。その鏡の反射光は模様を投影する。このような仕様の鏡を

『投光鏡』と呼ぶ。一目したかぎり鏡面にはなんの細工も見えないので、なにも知らないままこの現象を目にした者は畏怖《いふ》を抱く。

「古《いにしえ》の、それこそ飛鳥にすらまだ宮殿がない時代に、唐土《もろこし》より伝わったとされているものだ。この鏡がわが国で作られたものか舶載品《はくさいひん》かどうかまでは存ぜぬが」

言いながら稚彦王は、右手に持っていた鏡の破片を如子に手渡した。如子は内侍司《ないしのつかさ》の責任者だから、彼女を中心に説明することが筋である。荇子と弁内侍は、如子の左右について破片を観察した。

はねずが突き出したときは鏡面しか見えなかったので気づかなかったが、一般的な鏡のような銀色ではなく、だいぶ黄味を帯びた真鍮《しんちゅう》のような色であった。よく手入れはされているが、ところどころにあるくすみが経年を感じさせた。背面には細やかな文様が鋳込《いこ》んである。なんらかの動物と唐花だと思うが、古いので断定できない。

如子は破片をくるりと回し、荇子達にも断面が見えるようにした。背面の文様に比例して部位によって厚さに差があり、もっとも薄い部分は本当に陸奥紙《みちのくがみ》を重ねた程の厚みしかない。

「これは、割れるわ」

弁内侍が言った。荇子もうなずく。むしろいままで割れなかったことが不思議なほどである。この鏡がいつごろ製造されたものかは分からぬが、こならの家系と先程の稚彦王の説明から鑑みれば、相当に古いものであろう。

もちろんいくら薄くても、銅板はそうやすやす割れるものではない。しかし経年に加えて、厚い箇所《かしょ》との負荷の不均衡も破損の要因となる。

ぱっと見た限り、最も厚い箇所は中央のつまみの部分だった。紐を通すようになっているから相応の厚みが必要となってくる。なおこの仕様は、いまの鏡も同じである。縁は鋭角に盛り上がっており、断面は三角形となっていくらかの厚みを成していた。こちらはいまの鏡には見ない仕様である。

つまり構造と経年を考えれば、この鏡が割れたことは自体は、怪異でもなんでもない自然の経過だったのだ。

「投光鏡ではなくともこの意匠《いしょう》、かように縁が三角になった古鏡は、畿内《きない》ではかねてより見つかっていた。開墾《かいこん》や土木工事のおりに偶然発掘されたものがほとんどだが、市場に出回っていたものも少なくない。後者はおそらく盗掘品だろう。鏡には埋葬品としても使われていた歴史があるゆえ」

そこで稚彦王はいったん言葉を切り、あらためて告げた。

「ありふれたものではないが、さりとて女孺《にょうじゅ》が所有していたところで不審ではない。逆に裕福な姫は工人に一から発注するゆえ、かように古い品は所有せぬであろう」

さすがの博識ぶりに、荇子は舌を巻く。

ふと見ると、こならが複雑な面持《おもも》ちで立ち尽くしていた。おのれにかけられた嫌疑を否定してくれているのだから、もっと晴れ晴れとした顔をしてもよさそうだが、発掘とか盗掘等の説明は、一族に伝わる貴重な鏡だというこならの主張を否定、ないしはミソをつける言葉にも受け取れる。

「ですがそれでは、神鏡でないという説明にはなりません」

如子が言った。相手の年齢と立場を考えて、さすがに物言いが遠慮《えんりょ》がちである。これが征礼だったらなんの躊躇《ためら》いもなく指摘していただろうし、頭中将《とうのちゅうじょう》・直嗣《なおつぐ》が相手であれば追及にまで至っていたかもしれない。

ともかく、いまの如子の指摘は間違いなかった。

稚彦王の説明は、こならにとって鏡が分不相応という疑念を否定したに過ぎない。

当人のこならはよく分からぬ顔をしているが、はねずははっきりと目を光らせた。そりゃあ、そんな反応にもなるだろう。彼女のここまでの行動を思い起こせば、こならが有罪でなければ都合が悪い。

さっと考えを巡らせたあと、まずは稚彦王がなんと答えるかを待つことにした。

如子のきっちりとした指摘を受けて、稚彦王は怒るどころか表情を和《やわ》らげる。娘を頼もし気に見るような眼差《まなざ》しだった。

「典侍《ないしのすけ》は、神鏡がいずこから参ったかご存じか？」

「いずこから……？」

とっさに質問の意味が理解できなかったのか、如子は怪訝《けげん》そうに問いを繰り返した。だが聡明な彼女はすぐに意図を解した。

「天岩戸でございましょう。かの場所に天照大神がお籠《こ》もりになられたときに、その御姿を映し出した鏡と聞いております。そして天孫《てんそん》が天降《あまくだ》るさいに授けられたものとうかがっております」

「さよう。天孫は高天原より日向《ひむか》（現在の宮崎県）の高千穂《たかちほ》にとお降りになられ、そののち三代にわたってかの地にお住まいになられた。東征を決行し、大和の地に宮殿を建てたのは四代後にもなる神武帝《じんむてい》だ。ならば畿内に神鏡と同じ意匠の鏡が散見していることは不自然ではないか」

理論的に語っているのだろうが、基本的な知識の差がありすぎてぴんとこない。如子も弁内侍も釈然としない顔をしているから同じ心境だろう。

その中でなんとか糸口をつかんだかのように征礼が尋ねる。

「つまり神鏡と同じ意匠の鏡が見つかるのなら、天孫がお住まいになられた日向であろうと――」

「そもそも論で言うのなら、同じ意匠のものが複数見つかる時点で、それは神鏡ではないと判断してよかろう。確かに賢所にある神鏡は分祀《ぶんし》のために作られた写しであるが、神威《しんい》を畏《おそ》れて移し祀ったほどの品をいくつも模造するような不遜な真似《まね》はなさるまい」

なるほど、理はある。完全にではないが、だいぶん合点《がてん》がいった。

要するにこの件にかんして、こならはかかわっていないということだ。

（ということは……）

荇子は征礼のそばによる。彼とは少し前に階《きざはし》の付近で話をしたが、そのときと同じ場所に立っていた。緊張した面持ちで近づいてきた荇子に、征礼は目を瞬かせる。

「両側の木戸を閉めて」

荇子はささやいた。馬道には東と西に木戸がある。西側の木戸は綾綺殿《りょうきでん》とをつなぐ中渡殿《なかわたどの》に通じている。征礼はなにか察知したように、すぐに動いた。彼の行動に、馬道にいる者達は気づいていない。

稚彦王の話を聞きおえた如子が、安堵《あんど》したように言った。

「さようでございますか。ならばこならの鏡は、今回の騒動とはまったく無関係ということですね」

「私の知見から述べられることは、そこまでですかな。されど紐が結びなおされていたことまでは説明できませぬ」

「それには心当たりがございます」

苻子は声をあげた。如子と稚彦王はもちろん、弁内侍《べんのないし》にこなら、そしてはねずも驚いた顔をする。その中で東の戸口に立つ征礼だけが平然としていた。戸口を閉めてほしいという苻子の要求だけで察したのは、さすがあの帝の腹心というべきか。

「どういうこと?」

如子が問うた。

「紐が解かれたことに私達が気づいた理由は、結び目が縦結びになっていたからです。そうでなければ、あるいはこの先も解かれたことに気づかなかったかもしれません」

わざわざ自分の犯行を誇示するような真似を、苻子達は挑発だと感じた。それゆえにこならが疑われたのだ。彼女が自分より高い地位の女房達に、鬱屈《うっくつ》を抱いていると聞いたからだ。

いっぽうでもう一人の容疑者・はねずには動機がなく、日頃の愛嬌《あいきょう》もあり最初からあまり疑われていなかった。しかし縦結びにした動機が、挑発でなかったのなら——。

「紐を解いた者は、そのようにしか結びなおせなかったのです」

断言したのち、荇子はこならに目をむける。右の口角に、よだれのようににじんでいた血はすでに乾いている。

「ご覧の通りこならは右頰《みぎほお》を打たれています。右利《みぎ》き《き》の者が普通に動いたのなら、相手の右頰は打ちません」

荇子の説を聞いた弁内侍が、確認するように右手を横に振る。内側から外にむかって振ればできぬことはないが、相手の頰を打つほどに感情的になった状況で、そんな変則的な動きをする者はいないだろう。

「つまり、こならの右頰を打ったはねずは左利《ひだりき》きなのです」

彼女はこならから打たれた左頰を押さえた手で、そのまま打ち返しにいった。

しかし相手に殴《なぐ》りかかるとなれば、右利きの者はそうは動かない。手を変える。利き手に関係なく、とっさの動作として右頰は右手、左頰は左手で押さえるものだ。

ここにきて自分の名前を出されたはねずは顔を引きつらせた。つい先刻までこならだけが疑われていたのに、急に矛先《ほこさき》をむけられたのだから焦りもしよう。それだけ彼女にとってはとつぜんのことだったのだ。

けれど荇子は、少し前から気になっていた。

だから二人の女孺《にょうじゅ》の所作《しょさ》に注目していた。そのあとはじめて二人の言い争いの場に遭遇《そうぐう》した時、こならを指さすはねずの所作に違和感を覚えたことを思い出した。あれは左手だった。

「左利きの者が紐を結ぶと、どうしても縦結びになりやすくなります」

苻子は言った。意識して蝶結びにすることはもちろん可能だが、とっさの場面では難しい。あるいは縦結びにしても注意されない状況で過ごしていたとしたら、気にもしないかもしれない。これは右利きでも同じ話だが。

鏡箱の紐を解いたのは、はねずだ。

なぜそんなことをしたのかは分からぬが、結びなおそうとして無意識に縦結びにしてしまった。後からこならが来たことで焦ったのかもしれない。あるいは縦結びが不自然であること自体を知らなかったのかもしれない。そうしてよく見ると、腰布を結ぶ紐が斜めに歪んでいる。労働で乱れたのだろうと、最初は気にもとめていなかったが。

苻子の言わんとすることを理解したのか、如子ははねずをにらみつける。射るような鋭い眼差しに、はねずはびくりと身体《からだ》を揺らす。

おびえた顔で辺りを見回したあと、脱兎《だっと》の勢いで駆けだす。しかし彼女が行こうとした西の戸口はすでに閉ざされており、振り返った先の東の戸口には征礼がいた。行き場を失ったはねずはへなへなとその場にしゃがみこんだ。

この経過をこならはあっけにとられて見つめていた。いま考えうるうえで彼女は最大の被害者だが、なにが仕組まれたのかも理解できていないようだった。

「説明をなさい」

如子の厳しい声に、はねずは首を横に振る。

「私じゃありません！」

「この期に及んで、まだしらを切るの？」

如子は柳眉《りゅうび》を吊りあげる。思ったよりも悪知恵が働く娘ではないようだ。ここで否定をするのなら、先刻この場から逃げようとしたのはまったくの悪手だった。

「私は紐を解いただけです。神鏡を盗んだのは、私じゃありません」

なるほど、腑《ふ》に落ちた。しきりにこならに罪をきせようとしていた理由はそれか。

いや、罪をきせようとしたのではなく、本当にこならが盗んだと思い込んでいたのかもしれない。はねずは起きてもいない犯罪の嫌疑をきせられることにおびえ、自分で犯人をあげようとしていたのだ。

軽蔑《けいべつ》と哀れみを交えた荇子の眼差しをどう思ったのか、はねずはあわてふためき階の下にいざりよる。

「嘘じゃありません。ですから私は、こならの鏡を疑ったのです」

「鏡が盗まれたなんて、私達は誰も言っていないのよ」

苻子が静かに告げた言葉に、はねずは虚をつかれた顔になる。

なにしろ蓋《ふた》を開けていないのだから、確認ができない。ゆえに紐を解いた者を、ここまでやっきになって捜していた。ひとまずは経緯を問うために。

「だから紐を解いたあなたがなにもしていないのなら、鏡はあそこにあるのよ」

そう言って苻子は、賢所《かしこどころ》のほうを指さした。

はねずは意味の分からぬ顔でその指先を見つめていたが、やがて苻子の真意に気づいたとみえてはっとなり、そのまま土間に手をついてうなだれた。


取り調べは、その日のうちに近衛府《このえふ》の手で執り行われた。

はねずは素直に応じたとかで、詳細はたちまち御所中に知れ渡ることとなった。

翌日の台盤所《だいばんどころ》での話題は、もちろんそれ一色だった。

当日、祭壇《さいだん》の清掃を行っていたはねずは、不注意からはたきの柄をひっかけて紐を緩めてしまった。緩めたといっても結び直したぐらいだから、ほとんど解けてしまっていたのだろう。あるいは引っかけたまま引っ張ったのかもしれない。そうなれば蝶結びでは簡単に解ける。

埃《ほこり》を払うことさえ憚《はばか》られる、神鏡を収めた箱への粗相《そそう》。報告すれば、内侍達から厳しく叱責《しっせき》される。ましていまは面倒見の良い加賀内侍が里居《さとい》中である。かばってくれる者もいそうにもない。

「私、そんなに怖がられていたのかな……」

代役として不安を覚えた荇子に、弁内侍と佐《すけ》命婦が苦笑交じりに言う。

「ちがう、ちがう。長橋局が出てくると思ったからしいわよ」

「確かに近頃は大人しいけど、いっても内侍の首席だからね」

「加賀内侍とちがって年の若いあなたじゃ、長橋局からかばってもらえないと思ったんじゃない」

紐を結び直したあと、はねずは知らぬふりを決めこんだ。彼女に自分の結び癖《ぐせ》の自覚はなかった。人から注意されたこともなかったので意識もしていなかったし、それでいままで困らなかったのだ。

ところがその結び方により、はねずの失態は人の知るところとなった。しかしここまでであれば、彼女は自分が紐を結び直したと正直に言えたのかもしれなかった。

ところが聴取が一日遅れたことで、鏡が盗まれたという噂《うわさ》が広まってしまった。実際のところが分からなかったので、苻子も「盗まれていない」とは彼女に言わなかった。

神鏡は盗まれ、紐を結び直した者が犯人として疑われている。

そう思い込んでしまったはねずが、こならを犯人と疑ったのは分からぬでもない。

はねずは紐を解いただけだ。にもかかわらず神鏡が盗まれていた。ならば自分が紐を解く前に、すでに盗まれていたとしか考えられない。なるほど。こならが持つ分不相応な鏡はそういうことだったのか。ならば自分の潔白（？）を証明するには、こならの罪をあきらかにするしかない。

そんなふうに思い込んだ結果、あのような暴挙に走った。あるいは噂で聞いた陣官の厳しい取り調べも、彼女の焦りを助長したのかもしれなかった。

今回の件で、とうぜんながらはねずは罷免《ひめん》となった。

自業自得《じごうじとく》ではあるが、気の毒な面がないとも言えない。

「もとをただせばそこまで大きなことじゃなかったのに、馬鹿なことをしたわね」

「正直に言っていれば、叱責ぐらいで終わったでしょうに」

同情を交えつつの弁内侍と佐命婦のやりとりを、苻子は複雑な思いで聞いた。

加賀内侍がいたのなら、はねずは正直に自分の失態を告げていたのだろうか。罪というには些細な行いを隠そうと悪あがきをした結果、それは罪となってしまった。

確かに荇子は、長橋局にたてついてまで女孺《にょうじゅ》達をかばおうとはしてこなかった。八つ当たりされている現場に遭遇しても、見て見ぬふりをしたことも何度かある。当時の長橋局の荇子に対する態度からして、とばしりをくらうことが間違いなかったからだ。

さような理由はあれども胸を張れることではなく、今回の件に荇子は自責の念を覚えざるをえなかった。

しばらくその話をしていると、御簾《みす》の間から一の権 掌 侍《ごんのないしのじょう》が顔を出した。

「内侍はみな賢所に集まるようにと、典侍《ないしのすけ》が仰《おお》せよ」

荇子と弁内侍は目を見合わせた。内侍所《ないしどころ》ではなく、敢えて賢所とは。これはなかなか異質なことかもしれない。

「え、なに？」

「私も知らない。皆が集まってから、お話しなさるそうよ」

三人の内侍は首を傾《かし》げつつ、清涼殿を後にする。

渡殿やら簀子《すのこ》を西から東に横断し、手と口を清めてから賢所に入る。妻戸《つまど》をくぐった先の廂《ひさし》には如子が立っていた。その後ろには他の内侍達、長橋局と二の権掌侍。そしていつ戻ってきたのか、加賀内侍がいた。

「みな、揃ったわね」

言うなり如子は踵《きびす》を返し、御簾をくぐって母屋《もや》に入る。内侍達もあとにつづく。

外陣を抜けて内陣の祭壇前まで進み、そこで如子は足を止めてくるりと振り返った。六人の内侍達は、緩やかな弧を作って並んでいる。如子はそのひとりひとりに端から一瞥《いちべつ》をくれ、前に出るように言った。

「今回の騒動を受けて、紐の結び方を変更することにしました」

如子の言葉に祭壇に目をむけると、錦の布に包まれた鏡箱にかけられた紐は、小さな瘤《こぶ》を作った本結びになっていた。この結び方であれば、意図的でなければ解けない。少なくともなにかにひっかけたはずみで解けるようなことはない。

「なぜ、いままで気づかなかったのでしょう」

ぼそりと苻子は言った。八年も奉仕していたのに、危険を想像もしなかった自分が情けない。それこそ今回の騒動は、最初からこうしておけば起きない事態だった。六人もの内侍がいながら、それに気づいたのが就任してわずか四か月目の典侍・如子だというのだから、忸怩《じくじ》たらざる思いを抱かざるを得ない。

「今回のことが起きなければ、私も気づきませんでした」

そう如子は言うが、苻子は納得しない。はねずの罷免はまちがいなく自業自得だが、自分がもう少し注意していればという自責の念が消えない。

「この不始末を受けて、太政官《だじょうかん》からは内侍司の責任を追及する声も上がりましたが、私が就任して日が浅いという主上のご配慮《はいりょ》で、今後の対応策を検討して提出するということで済ませてもらうことになりました」

如子の報告に、内侍達はいっせいに胸をなでおろした。

神鏡管理に不始末があれば、とうぜん内侍司が責任を問われることになる。今回にかぎっていえば加賀内侍は関係ないが、所属する者として無関係ではいられない。そういう意味で自分達は、鼻つまみ者である長橋局も含めて一蓮托生《いちれんたくしょう》なのだ。

起きてしまった過ちは、いまさらなかったことにはできない。

ならば逃げるわけにもいかぬ。うじうじと後悔《こうかい》にとらわれるより先に、することがあるはずだ。荇子が顔をあげると、神鏡の傍《かたわ》らに毅然《きぜん》と立つ如子の姿があった。

「明後日には草案を提出します。他になにか改善案が思いつくようであれば、遠慮なく提案してちょうだい」

そう告げた如子の肩越しに見える神鏡の箱に、供え物の榊《さかき》の葉の影が映っていた。

2章

玉鋼
たま はがね

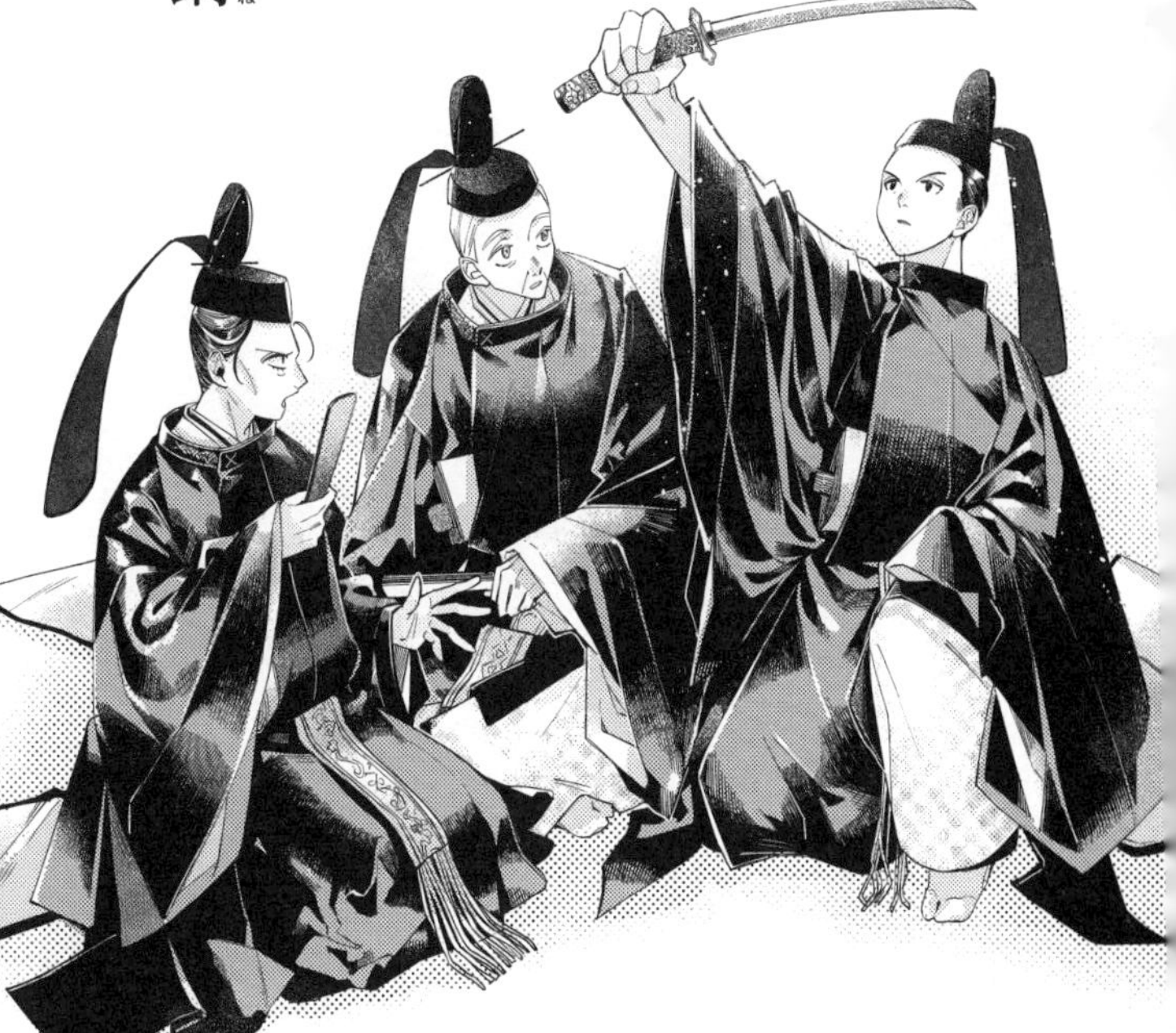

東宮《とうぐう》の擁立《ようりつ》を検討せよ。帝《みかど》が太政官《だじょうかん》に命を下したのは、壺庭《つぼにわ》の花紅葉《はなもみじ》が赤く色付いた神《かん》無月《なづき》の中旬頃だった。

目下、殿上間《てんじょうのま》で執り行われている陣定《じんのさだめ》で、侃侃諤諤《かんかんがくがく》の議論が交わされているのはそれゆえである。台盤《だいばん》（四脚の卓）を囲む殿上人《てんじょうびと》の多くは四位以上の橡《つるばみ》の袍《ほう》をまとった者で、その奥にちらほらと緋色《ひいろ》の袍が見える。殿上間と呼ばれる清涼殿《せいりょうでん》の南廂《みなみびさし》は、一部の蔵人《くろうど》をのぞき、五位以上の中でも許された者のみがその席を得られる場所だった。

あまりにも興奮しすぎた彼らのやりとりは、隣室の鬼間《おにのま》（清涼殿の西廂）の櫛形窓《くしがたまど》の前に立つ荇子《こうこ》にもはっきりと聞き取れるほどの激しさになってきている。東西に長い殿上間は清涼殿の南廂にあたり、白壁を隔てて鬼間と昼御座《ひるのおまし》の二間に隣接している。その両間にわたって半円形の櫛形窓が設けられており、殿上間のようすを透き見ることができるようになっているのだった。

「しかし主上《おかみ》も女御《にょうご》方もまだお若い。新しい東宮をたてよとは、いくらなんでも性急すぎやしないか」

麗景殿《れいけいでん》女御の父親、一の大納言《だいなごん》が反論する。彼の立場からすればとうぜんだろう。なにしろ昨今は、娘への帝の寵愛《ちょうあい》が増していると評判なのだ。もっとも二人の真意を知る荇子には、あれは一緒にいて楽な友人に近い感情としか思えない。

「まことに」

「私の意見も同じでございます」

一の大納言の意見に、左大臣《さだいじん》と内大臣《ないだいじん》が同意する。隙あれば牽制《けんせい》しあうこの三人がこんなふうに意見を同じにするのは珍しいが、弘徽殿《こきでん》女御の父親という左大臣の立場は一の大納言と同じである。

これに比べて、内大臣は少しちがっている。現状での東宮擁立は反対だが、とうぜん二人の女御を慮《おもんぱか》ってのことではない。

「夭折《ようせつ》なされたとはいえ、主上は二人の御子をお持ちだった。いまは恵まれずとも新しい妃《きさき》をお迎えいただければ、新たに子をなすこともございましょう」

内大臣がさした釘、というより明確ないやみに、左大臣と一の大納言の表情は険しくなる。もはやあなた達の娘に子は望めないと言っているようなものだから、そんな顔にもなるだろう。

三十五歳とまだ若い内大臣に、年頃の娘はいない。しかし数年後にはという目論見はとうぜん持っているはずだ。いかに帝相手とはいえ、父親と五つしか違わぬ男に入内《じゅだい》させられるその姫君が気の毒だと荇子は思う。

（まあ、主上からしても災難よね）

退位した中宮《ちゅうぐう》も含めて、帝は即位以降に迎えた三人の妃の誰にも妻として興味を持っていない。近頃は麗景殿女御に対してだけは親しみを抱いているようだが、あれはあくまでも友情である。

即位前に身罷《みまか》った妻、室町御息所《むろまちのみやすどころ》にいまだ心を残している帝にとって、何年かあとの話とはいえ、娘のような年頃の妃を迎えさせられるやもしれぬなどと、想像しただけでも憂《ゆう》鬱《うつ》な事態でしかない。

いずれにしろ東宮擁立の話など持ち出せば、こうなることは目に見えていた。にもかかわらず帝がそんなことを命じたのには、もちろんわけがあるのだった。

「先日の御患《おわずら》い以来、主上は御身に万が一のことが起きた場合に備えたいと思《おぼ》し召しでございます」

下座から声をあげたのは、緋色の袍をつけた征礼《まさゆき》だった。

侍従《じじゅう》と少納言《しょうなごん》を兼任する彼は殿上人であり、末端ながら太政官の一員を成している。ちなみに陣定において、若輩《じゃくはい》や身分を理由に発言を阻まれることはあまりない。上の者に忖《そん》度《たく》をしないように、下位の者から意見を言わせる習わしがあるぐらいなのだから。

もっともそれが受け入れられるか否《いな》かはまた別で、特に摂《せっ》政《しょう》・関白《かんぱく》が在位しているときなどは、論議に論議を重ねた奏上が、彼の一存で帝に届く前にひねりつぶされることも珍しくはなかった。今上《きんじょう》の代では関白が置かれていないので、そのような専横は起きていないが。

帝の絶対的な寵臣、征礼の意見に殿上人達は押し黙る。

先日の御患い――数日前、帝は原因不明の不調で床《とこ》についた。ただちに侍医《じい》が呼ばれたが御脈にはこれといった異変はない。しかし御本人はわけもなく胸が苦しいと訴えられるので、陰陽寮《おんみょうりょう》にて祈禱《きとう》が行われた。

目も明かぬ状況だったので、見舞いに訪れた者に言葉をかけることもない。なんのかんのいってもまだお若いからと悠長《ゆうちょう》にかまえていた臣下達の間に、これはもしやと深刻な空気がただよいかけた頃、まるで憑《つ》き物《もの》が落ちたように帝は回復した。

「今回の御患いを受けて、御身になにかあったときに現状のままでは混乱を招くとあらためて思し召しになられたようです。後継のことを考えるのは、帝位に即いた者の義務であると仰《おお》せでございました」

征礼は、正論を淡々と述べる。腰の低い態度を保ちながらも、帝に本心を打ち明けられる立場にあるおのれにむけられる嫉妬《しっと》や羨望《せんぼう》の眼差《まなざ》しなど一切取り合わないさまは、しなやかに硬い鋼《はがね》の板のようである。

本来であればもっとも近い存在であるはずの蔵人所《くろうどどころ》の者達は、誰一人とて帝の御心など聞かされていない。老いた者はそれはしかたがないと思っている。なにしろ今上が東宮のおり、どうせ仮初《かりそ》めの存在として、さんざん冷遇してきたのだ。恥という気持ちがあるのなら、いまの扱いは報いだと観念しているだろう。

しかし若い者達はそうはいかない。尊貴の自分達をさしおいて、なにゆえたかが五位でしかない少納言の征礼が重用されるのか納得できないはずだ。彼らからすれば、自分達が帝になにかしたわけではない。家柄による恩恵をたっぷりと受けている身であれば、伴う因縁《いんねん》も含めて受け止めるべきだという発想にはなっていない。

その筆頭の人物が、頭中将《とうのちゅうじょう》こと藤原直嗣《ふじわらなおつぐ》だ。

蔵人頭《くろうどのとう》と近衛《このえ》中将を兼任する十八歳の貴公子は、左大臣の嫡子《ちゃくし》でもある。彼が年の近い征礼に屈託を抱くさまを、荇子は何度か目にしている。いまも不快な面持《おもも》ちで、征礼の説明を聞いている。

「確かに。私達でさえ、あの数日はどうなることかと危ぶんだわ」

とつぜん間近で響いた声にぎょっとして目をむけると、いつ来ていたのか真横で如子《ゆきこ》が窓をのぞきこんでいた。これだけ近くにいたのに、声を出すまで気づかなった。気配を消す如子がすごいのか、気づかぬ荇子が鈍いのか。

如子の唐衣《からぎぬ》は、庭で色づいた花紅葉のように鮮明な緋《あけ》だった。梔子《くちなし》の黄と蘇芳《すおう》の赤を交染して出した色である。普段は紫や紅《くれない》を好む如子が赤を選ぶのは珍しいことだが、それでもさまになるのは、やはり圧倒的な美貌《びぼう》がなせる業《わざ》なのだろう。

いったん櫛形窓から離れると、如子は荇子に視線をあわせた。

「だから中心で看病していた、あなたと藤侍従《とうのじじゅう》はもっと大変だったでしょう」

「――いえ、実際に寝込んでおられたのは、三日間だけですし」

如子の慰労の言葉に、荇子は骨折りを否定した。まあ、看病とは別のことで骨折りはしたのだが、ここでは言えない。

帝が寝込んでいた間、征礼がほぼ付きっきりだった。それが帝の要求だからしかたがなかったし、その征礼が自分が休む間の交代に荇子を指名したのだ。中心で看病をしたというのは、そういう意味だ。患いが長引けば看病する側が倒れてしまいかねない状況だったが、実質二日半で終わった。

しかたがない。それ以上はいろいろと持たない。

ともかくこれまで健《すこ》やかだった帝が病身となったことは、人々の間に様々な不安を引き起こした。

「確かに主上のご懸念《けねん》は、天子としてもっともなものである」

おもむろに口を開いたのは、三条大納言《さんじょう》だった。

殿上間の空気が張りつめたのが、壁一枚を隔てた先の荇子にも伝わった。

とつぜん現れた皇孫《こうそん》・竜胆宮《りんどうのみや》の加冠《かかん》役に、彼が指名されたことはみな知っている。そのときは面倒なことを任されて気の毒だと同情した者も多かっただろうが、ここにきてそれが新たな意味を持ってきた。

これまでの事例を鑑《かんが》みれば、皇太孫の場合をのぞいて皇孫は皇位継承者として有力ではない。しかし竜胆宮は立場がちがう。位を返上した東宮の遺児たる彼は、本来であれば帝の嫡男でありえた存在なのだ。

その竜胆宮が東宮に擁立されれば、後見役として三条大納言の影響力が増す。実情を言えば三条大納言は、竜胆宮の加冠役にかんしてまだはっきりと返答をしていない。依頼する側として帝も急《せ》かしはしなかったが、内心ではやきもきもしていただろう。

その状況でのこの勅命《ちょくめい》は、三条大納言の決断を促す因子となりうる。

竜胆宮が東宮となれば、面倒事が一転して有力な駒《こま》を得ることとなる。ここぞとばかりに三条大納言が竜胆宮の名をあげる——荇子も含め、この場にいるほとんどの者がそう思ったことだろう。

ところが、である。

彼の口から紡《つむ》がれた言葉は、人々の想定とは少しちがっていた。

「されどいまどなたかを東宮に立てたところで、主上に新たに御子が誕生となれば、その御方の立場がなくなりましょう。北山《きたやま》の宮《みや》の例もありますゆえ、急いで立坊《りつぼう》（立太子）をすることに、私は賛成いたしかねまする」

意外ななりゆきにぽかんとする荇子の横で、しみじみと如子が言う。

「やはり、三条大納言は誠実ね」

「……ですね」

一拍置いて、荇子も同意する。左遷《させん》をされた陸奥守《むつのかみ》の罷申《まかりもうし》に、公卿《くぎょう》の中で唯一顔を出した三条大納言の善良さは御所中の者が認めるところである。とはいえ三十八歳の男盛りにある者が、少年のような正義感のみで主君の意向に異を唱えるわけもない。

「でも北山の宮様の名を出すあたりは、しっかり釘を刺しているとは思いますよ」

「確かに」

荇子の指摘に、如子は苦笑した。

北山の宮の東宮位返上は、表向きは本人の意向によるものとなっているが、もちろん事実ではない。当時の朝政の主流であった南院《なんいん》家が、自分達の外孫である先帝を東宮とするために無理やり承諾《しょうだく》させたというのが実情だった。

もしも竜胆宮が東宮となったのなら、父親と同じ轍《てつ》を踏みかねない。

北山の宮の失脚により、当時彼を支援していた貴族は割を食った。もちろん彼らが政治的敗北を喫したから、北山の宮は位を退くしかなかったとも考えられるのだけれど。

帝の依頼による後見を引き受けたとしても、そんな貧乏くじまで引くつもりはないと三条大納言は牽制《けんせい》したのだろう。公卿達に対して、そして──。

「藤侍従」

三条大納言は、征礼に呼びかけた。

「いま私が申したことなど、とうぜん主上はお気づきであろう」

「──然《しか》り」

短い言葉で征礼は認めた。それはそうだろう。気づいていないはずがないのだ。なにせほんの数年前まで、他ならぬ帝が同じ立場にあったのだから。

もしも自分に子ができた場合、新しい東宮にどう誠意を見せるつもりなのか？　三条大納言の問いは、公卿達だけではなく征礼を通して帝にもされたものだった。

「その場合を、主上はいかにお考えなのか？」

「それも含めたうえで、混乱のない人選をせよとの思《おぼ》し召しでございます」

この征礼の返答に、一座が水を打ったようにしんとなった。

つまり、こちらの都合でいつでも退けさせられる人物を選べということだ。

人を蔑《ないがし》ろにするにもほどがある、とは思うが、そもそも今上自身がそのような立場で東宮となった。たまたま先帝が子をなさずに早世したので即位の運びとなったが、だから別にそんなたいしたことではあるまいという感覚ならば、これはもしかしたら責められないのかもしれない。

「開き直ったなあ……」

無意識の荇子の独り言は聞こえなかったようで、隣の如子は反応を示さなかった。

対照的に殿上間はざわつきだしている。彼らはそれぞれが反応をうかがうように他人の顔を見ている。腹のうちはどうであれ、そういうことですかと肯定できるほど彼らも厚顔ではない。かといって非難するのも厚顔だ。今上も北山の宮も、真逆の結果になったとはいえ、その地位を彼らの都合で翻弄《ほんろう》されてきた。

しかし一部の若い世代は、その事情を知らない。話には聞いていても、自分のこととしてとらえていない。

「そのように虫がいい話を、呑《の》んでくださる方などおられるはずがない」

抗議の声を上げたのは直嗣だった。若々しい響きに、十八歳の正義感と世間知らずがにじみでる。年配の者達は気まずげな顔をする。その虫がいい話を、彼らは今上と北山の宮に押しつけてきた。

直嗣は北院流《ほくいん》で、中心となって横暴を働いてきた南院流とは家筋を異にする。とはいえ当時の北院流をはじめとした他家の権門も、横暴を咎《とが》めるでもなく、消極的だが南院家に追従《ついじゅう》していた。ゆえに彼らも無関係ではない。もっと厳しく言うなら無罪ではないのだ。

先祖が働いてきた無体を他人事《ひとごと》のように感じている直嗣の薄っぺらい正義感を、帝が嫌悪するのは当事者としてしかたがないことと思えた。

「どの口が言っているのよ」

ぼそりと如子が漏《も》らしたので、荇子は噴きだしそうになった。

南院家嫡流の如子には、多少の自虐《じぎゃく》と自戒《じかい》も含めてのことだろう。父親を早くに亡くしたことで、嫡流の姫としての恩恵を身内からことごとく奪われてきた如子には、虐《しいた》げた者と虐げられた者の双方の自覚がある。帝が南院家の出身の如子に比較的親し気にあたるのは、彼女の優秀さに加えてこの気質も大きな要因だろう。

とはいえ「虫がいい」という直嗣の言い分は、建前《たてまえ》上はとても正しい。ゆえに恥の意識がある者は反論しにくい。

しかし征礼は、彼らと立場がちがう。

「皇親の男子とは、もともとそのための存在」

それは反論というには、ずいぶんと抑揚《よくよう》に欠けた物言いだった。おそらくそれで正解なのだろう。真実とはいえ不遜《ふそん》な言葉を口にするのに少しでも感情を含ませては、言い訳がましく聞こえてしまう。そもそもこの件にかんして征礼にはなんら恥じ入るところがないから、言い訳をする必要もない。

とはいえ普段の人当たりの良さからは想像ができない態度に、荇子は窓の隙間《すきま》から目を見張った。

別人のようだと思った。

下座に座る征礼が、上座に居並ぶ公卿達をぐるりと一瞥《いちべつ》する。彼の緋色《ひいろ》の袍《ほう》がまるで炎のように燃え上がって、橡《つるばみ》の袍の者達を焼き尽くすような錯覚を覚えた。

「この国の天子に空位を生じさせぬよう、自分達はそのために存在する駒である。その心づもりでご自身も弟帝《おとみかど》の東宮となったのだと仰《おお》せでございました」

ここにきて明らかにされた帝の気魄《きはく》に、荇子は納得する。

あの気の強い帝が仮初《かりそ》めの東宮を甘受した理由は、けして諦めや妥協《だきょう》ではない。だからといって虎視眈々《こしたんたん》とその地位を狙っていたわけでもなかった。それは弟帝の死を望むのと同じことだ。

他人を徹底して拒絶することができる帝は、それゆえその死を願うほどに誰かを恨むこともない。先の左大臣《さだいじん》をはじめとした南院家の主流派、そして妻として彼を裏切った先の中宮に対してもそうだったのだろう。

東宮となった理由はただひとつ。それが皇親たる男子の義務だからだ。

その恩恵を受けているかぎり、理不尽や屈辱《くつじょく》を呑みこんでも責務を果たす。この国の安寧《あんねい》と豊穣《ほうじょう》を祈る帝という存在に、けして空位をつくらないために。

そこに今上の鋼《はがね》の意志を見ることができる。複雑に入り組み、時には屈折した彼の内なるものの中で、荇子がもっとも惹《ひ》かれている部分だった。

帝はその強さを持って、後継を決めるという自身の義務を断行しようとしている。外戚《がいせき》への野望にかられた者達の都合に、これ以上は付き合っていられない。そのための手段は選ばない――だからあんな、とんでもない真似をしたのだ。

(ほんとうに、とんでもない！)

思い出して荇子は歯ぎしりをした。

平然と、なぜあんな大胆《だいたん》な真似ができるのか。鋼の意志が悪い方向で利《き》いている。もはや厚顔といってよい段階かもしれない。

「やるじゃない、藤侍従」

からかい半分、本気半分といった口調で如子が言う。からかいの気持ちは、征礼ではなく荇子に対してのものなのだろう。征礼はただただ天晴《あっぱれ》だ。野心を見せることもなく、忠臣としてのふるまいを崩さない。

自分より圧倒的に尊貴な者達に進言をするのなら、それは非の打ちどころのない意見でなくてはならない。少しでも私心や感情を見咎められては、たちまち押さえつけられてしまう。

唯一無二の寵臣の口により伝えられた天意に、殿上人《てんじょうびと》達は押し黙る。

それは強い信念の前でのきれいごとや理想論は、吹けば飛ぶ塵芥《ちりあくた》でしかないと彼らが思い知らされた瞬間だった。その中で場違いに唇を尖らせる直嗣に一瞥もくれず、征礼は静かながらも威圧的に告げた。

「ゆえに東宮擁立の件、可及的速やかに議論を進めるようにとの思し召しでございます」


「よくもまあ、あんな白々しいことが言えたものね」

夜になって局《つぼね》を訪ねてきた征礼に、開口一番に荇子は非難した。

最初、征礼はなんのことかという顔をした。彼は荇子がのぞき見をしていたことなど知らないし、そもそも陣定《じんのさだめ》が終わってからずいぶんと時間も経っている。

荇子も昼の仕事を終えて唐衣裳《からぎぬも》を解き、藍《あい》だけで染めた中縹色《なかはなだいろ》の袿《うちき》を羽織《はお》った褻《け》の装いだ。征礼がすぐに理解できなくても致し方なかったが、かまわず苻子は詰め寄った。

「今回の御患《おわずら》いを受けてって、あんなのばりばりの仮病じゃない」

内容が内容だけにさすがに声はひそめたが、辟易《へきえき》した感は隠せなかった。

征礼は渋い表情のまま視線をそらす。苻子も分かってはいる。征礼とて好きでやっているわけではない。帝から命ぜられたのだから、しかたがないことだった。

数日前の帝の病は仮病である。

それを隠すために他の者を遠ざけ、苻子と征礼が付き添ったのだ。

ゆえに脈診で異状が出るはずもない。侍医《じい》は首を傾《かし》げているだろうし、物《もの》の怪《け》の仕業《しわざ》として行われた陰陽師《おんみようじ》達の祈禱《きとう》も、さぞや空をつかむような感覚だっただろう。

「しかたがないだろ。あれぐらいの劇薬を使わないと、立坊《りつぼう》に対して左大臣達は動かないんだから。自分達の娘が皇子に恵まれるまではと、これ以上粘られてみろ。それでなくとも東宮不在の状況が五年近くもつづいているんだぞ。いままでは適任者がいなかったから強くも言えなかったけど、この機会を逃すわけにはいかない」

確かに今上が即位した折、誰を東宮に立てるかという話はあがった。しかし娘を嫁《とつ》がせて中宮にしたばかりの先の左大臣によって保留となった。自分の娘に皇子ができることを期待したのだろう。

もちろん過去にも東宮不在の時期はあった。ただ候補者が多すぎて、権力の駆け引きで本命を決めかねている状況と、候補者が見つからないまま皇子誕生への期待だけでずるずると引っ張ってきたいまの状況では、危機感はまったくちがう。ゆえに天子として帝の憂《ゆう》慮《りょ》は分かるのだが――。

「にしても他に方法がなかったの？　主上の具合を心から案じている女房達の様子を見ていたら、申し訳なくてこっちの具合が悪くなりそうだったわ」

あなたと藤侍従はもっと大変だったでしょう――鬼間《おにのま》で如子から慰労の言葉を聞いたときは、申し訳なさからその場に土下座《どげざ》したい気持ちになった。

荇子の文句に、征礼は居心地が悪いように視線を泳がせる。陣定で公卿《くぎょう》達を相手に毅《き》然《ぜん》とふるまっていた姿とは別人のようである。

「それは俺だって一緒だよ。自分の力量不足を嘆《なげ》く侍医殿に、どれだけ心が痛んだか」

「あれは本当に申し訳なかったわ」

ひとしきり文句や愚痴《ぐち》を言いあったあと、やがて二人はその行為自体に疲れたように揃って肩を落とした。それでも陣定の結果だけみるに「立坊」という帝の目的にむかって動きが起きそうだから、芝居をうった甲斐《かい》はあったと考えるしかない。

東宮不在の状況が長くつづくことは、必然宮中を不安定にする。

最大の懸念《けねん》はもちろん、帝に万一の事態が起きたときの混乱である。

しかし問題はそれだけではない。これ以上、妃達の身内の都合で後継の問題を長引かせることそのものが、帝の威信を損《そこ》ねかねないことなのだ。

だったら妃との間に子を作るようにもっと積極的に、というのは無理難題だ。甚《はなは》だ下世話であるが、帝は夫として最低限の義務を果たしている。そのうえで子ができないのだから、これはもう天の配剤と言うしかない。

（弘徽殿女御《にょうご》さまは、そういうわけにもいかないでしょうけど……）

近頃は滅多に顔をあわせぬ美貌《びぼう》の妃のことを考えると心が痛むが、荇子がなにか思ったところで詮無《せんな》いことだった。

帝が自身の後継を考えあぐねている中、竜胆宮が現れた。若さと健《すこ》やかさの点では申し分ない。父宮に対する贖罪《しょくざい》の意味も込めて適任だった。かつての勢家《せいか》・南院家の良いようにされて東宮位を追われた父の無念を息子が取り返すというのも劇的だ。

そして今月の朔日《ついたち》。ひそかに竜胆宮を謁見《えっけん》させて、その人柄を見た。それは帝の目に適った。いまや帝の意中は、はっきりと竜胆宮にあった。そのためにこのように手荒な手段に出たのである。

もちろん手荒なのは、仮病という手段だけではない。

混乱のない人選をせよ――征礼が公卿達に告げた帝の意向がなにより手荒すぎる。たとえ竜胆宮を立坊させたところで、いまの妃との間に皇子が誕生するようなことがあれば東宮位は動くだろう。外戚となる父親が黙っていない。それを承知したうえで東宮となってほしいとはずいぶん虫のよい話だが、これにかんしては過去にも同じことが繰り返されてきたのだから、そうなったとしても驚かない。

荇子が気になっているのは、皇子が生まれた場合の帝の気持ちだった。

春先に身罷《みまか》ったたった一人の我が子、女一の宮《おんないちのみや》を帝は鍾愛《しょうあい》していた。この女児は唯一無二というべき寵妃《ちょうひ》、室町御息所との間にできた子供である。帝には他に子はいない。表向きは先の中宮との間に夭折《ようせつ》した一の宮がいるが、これは中宮の不義の子だった。

しかしこの先、子が生まれることがあれば、それは女一の宮と同じ帝の子である。情を持たぬ妃が産んだ我が子に帝がどのような態度を示すのか、それを想像すると荇子は恐れとも気味の悪さともつかぬ嫌な感情を抱いてしまう。子の立場、妃の立場で考えてみても、穏やかならぬ気持ちとなることを禁じ得ない。

その一方で、帝の立場に立って考えてもみる。

愛していない女が産んだわが子に対し、はたして男親はどういう感情を抱くのか。それは無理強《むりじ》いされてはからずも身籠《みご》もってしまった子供に対する母親の感情に近いのだろうか。いや、さすがにそこまで酷《こく》ではなかろうとは思いたい。

さりとて愛情を伴わぬ責務だけの営《いとな》みが、男にとってもどんなものなのか——女ばかりを弱者と考える一般常識にとらわれていると、なにかを見落としてしまいそうで気がかりでもある。

「竜胆宮様のことなら、そんなに気にかけなくても大丈夫だ」

黙りこくった荇子をどう勘違いしたのか、だいぶ的外《まとはず》れなことを征礼が言った。

いま懸念していたことはあきらかにちがっていたが、そんなことは心配していないとは言えないし、実際にまったく気にしていないわけではなかったので、荇子は頭を切りかえた。

「なぜよ？　竜胆宮様はまだ十四歳よ。二十四歳で立坊した主上とでは、心の持ち方がまったくちがうわ。いくら義務だと言われても、仮初《かりそ》めの東宮などの屈辱《くつじょく》的な立場をお引き受けになられるかしら？」

「主上が選んだ方だ」

断固として告げられた言葉に、荇子は絶句する。

反論の言葉はあった。なにが大丈夫なのか？　あの帝が選んだ人物だから、そんな些末《さまつ》なことに惑わされないという希望的な意味なのか？　それとも天子がこうと決めたことには何者も逆らえないという厳命なのか？　もしも後者であれば、ここまで堂々と断言できる征礼が空恐ろしくもある。

荇子は息を詰め、見慣れたはずの幼馴染《おさななじみ》の顔を見る。

陣定《じんのさだめ》での揺るぎないさまを見たとき、別人のようだと思った。それから数剋《すうこく》も経っていないいま、こうして間近に見る彼の顔はどうなのだろう。答えを探るように見つめつづけると、先も見えぬ深海に潜ったかのように息苦しさばかりが募《つの》ってゆく。たまらず荇子は息を吐く。胸中にあった不審や不快を溶かしだすように――。

「そうね、主上が選んだ方だったわね」

求めることを半ば諦めて力なく答えると、征礼ははっきりとうなずく。

自分はまだ彼ほどの忠臣にはなれていないと、皮肉交じりに荇子は思った。

可及的速やかにと命ぜられても、立坊のような重大な懸案を容易には決められない。

皇親の男子はそれなりに存在しているが、ある程度若い者となれば限られてくる。まことに仮初めならば年配の者でも良いが、不測の事態によりその方が即位をするようなことがあれば、また同じ懸案が生じてしまう。しかも年長者を選べば、妻子の存在により勢力はもちろん皇統ですら大きく変わることになりかねない。

　そのため朝臣達《ちょうしん》はあらゆる可能性を考え、誰を選べば自分達にとって都合がよいか、その方を選んだ場合、どのように動けばよいかを練っているのだった。

「ほんと、ご苦労なことね」

　命婦《みょうぶ》の一人が、芯から面倒くさそうに言った。

　台盤所《だいばんどころ》詰めであったその日、苻子は先日透き見した陣定の話を女房達にした。それにたいしての反応がこれである。勤務歴は四半世紀に及ぶ四十路《よそじ》の坂を越えた古参女房は、宮仕えでの良い意味の緊張が幸いしているのか、その見た目も口ぶりも若々しい。朽葉色《くちばいろ》と黄色をあわせた櫨《はじ》かさねの唐衣《からぎぬ》と濃香色《こきこう》の表着《うわぎ》の年相応の落ちついた着こなしが、心憎いほどに風情《ふぜい》がある。

「公卿の皆様方も、どの方を選べば自分に有利になるのかを考えておられるのですわ」

　枯野《からの》かさねの唐衣をつけた命婦が苦笑交じりに応じる。こちらは三十余の年回りで、二人とも苻子よりだいぶ古参である。枯野は黄枯れた野原を表したもので、黄色の表に淡い草の色をあわせた情景的な彩のかさねである。

「でも普通に考えて、新しい東宮様が擁立されたとしても、即位なさる可能性は万一でしょう。今上の後宮対策だけでも大変なのに、そんな僅《わず》かな可能性まで心配していたら、姫君の頭数もそれにかける資産もいくらあっても足りないでしょうに」

「でもそこに手を抜いた結果が、いまの南院家の凋落《ちょうらく》でしょう」

「先の中宮様を入内《じゅだい》させたのだから、手を抜いたというわけではないけど……でも、確かに五年前に今上が即位なさると思っていた方など一人もおられなかったものね。御息所《みやすどころ》様はもちろん、御舅《おしゅうと》の室町参議《さんぎ》も夢にも思っていなかったでしょうね」

「後宮政治も、こうなるともう賭《か》けよね」

「そう考えたら、あんがい新しい東宮様にも可能性があるかもね」

命婦達の明快な指摘には、荇子も同意せざるを得ない。あらゆる可能性を考えて予防線を張ることは万事において賢明な措置だが、人材と資産にはかぎりがある。そもそも朝政に打ってでる手段が、娘の出産のみに頼る外戚《がいせき》になるというのがすでに博打《ばくち》である。

今上にかんしていえば、妙齢の娘が入内をしてもはや三年になるのだから、そろそろ不信感は広まってきている。

つまり、こういうことだ。

いまの妃達《きさき》では、ひょっとして子はできぬのでは？

めでたく子ができても、女児かもしれない。首尾よく男児であったとしても、赤子が無事に成人する確率は悲劇的なまでに低い。そう考えれば仮初めの東宮の即位の目が、絶望的に低いとも言えないのだ。

だからといってこの措置が、個人の誇りを蔑《ないがし》ろにしたものであることに変わりはない。こうなると指名された当人が、自尊心を取るか、可能性を取るかによってその判断は決まってくるのだろう。

「それで、候補の方は出揃ったの？」

「身分で言えば二の宮様と三の宮様だけど、お身体《からだ》が弱いから無理ね」

二人とも今上の異母弟である。三十の帝の弟だから年もまだ若いが、ともに身体が不自由で日常生活すらままならず、二人とも東宮となるには厳しい状態だった。そもそも嫡《ちゃく》流《りゅう》の彼らが候補となりうるのなら、最初からこんな議論はしていない。

「結局のところ、主上の思《おぼ》し召しはどなたなの？」

とうぜん知っていることのように、命婦達は苻子に尋ねた。

なぜ、そうなるのか。一介の内侍がそんな事情に詳しいはずがない——と反論したいところだが、実際に苻子は知っていた。帝の思惑が竜胆宮にあることをはっきりと征礼から教えてもらっていたのだ。

帝は東宮擁立《ようりつ》を要請したが、人選については具体的に上げていない。

征礼だけが、帝の口から直にそれを聞かされている。帝の彼に対する重用は、身分を考えれば朝廷の秩序を乱す行為だった。しかしそうなった原因が、東宮時代の帝を冷遇した自分達にあるものだから、公卿達も強く抗議ができないのだった。

そのうえ征礼がうまかった。

直嗣だけはどうにも無理のようだが、それ以外の公卿や殿上人《てんじょうびと》に征礼はまずまず好かれている。腰の低いふるまいに加え、清潔感のある人好きのする容姿。そんな好青年を身分を笠《かさ》にきていびるより、よくしてやり帝との仲を取り持ってもらおうと考えることは不思議ではない。荇子にとってただの幼馴染から少し距離を詰めはじめていた相手は、思った以上の早さで朝廷でのその地位を固めつつあった。

その彼が、なぜこうも事細かく荇子には内情を話すのか。

その理由はひとつしかない。荇子が了承したからだ。自分と一緒に帝を支えてくれないか、という征礼の要望を。

ゆえに征礼は、帝からうちあけられた本意を荇子と共有した。立坊《りつぼう》にかんして、帝の意中は竜胆宮であると。

特に口止めはされなかったが、かといってべらべら話すことでもない。迂闊《うかつ》に零《こぼ》れそうになる軽口を呑《の》みこみ、荇子は慎重に口を開く。

「親王様方が立坊していただくには厳しい状況なので、皇孫の方々を中心に検討なされているようですね」

「そうなると、やはり有力なのは竜胆宮様になってくるわよね」

「そうね。先の東宮様の正嫡《せいちゃく》の遺児で、お血筋は問題ない。なんといってもお若くて健康だから、この先の憂《うれ》いもなさそうだし」

命婦達は相槌《あいづち》をうちあう。つい最近までその存在すら知られていなかった竜胆宮だが、そうやって系譜をたどってみると、本当はもっと尊重されるべき存在だったとつくづく思いしらされる。

だからこそ、こんな屈辱的な役割を引き受けるのかという懸念《けねん》もある。

帝はそれが皇親の男子の義務だといい、本人も身をもってそれを示した。けれど同じように竜胆宮が考えるとはかぎらない。父親が受けた仕打ちを考えれば、よくもまあ臆面もなくそんなことを要求できるものだと、反発しても不思議ではない。まして十四歳という若さでは、義務や将来のことより自尊心を優先するかもしれなかった。

若者は老いた者に比べて、あらゆる面で可能性を持つ。しかしその未来があまりにも長すぎるゆえ、すべてを見通す能力や堪え性に欠けることがままある。はたして竜胆宮はいかがなものか。

枯葉かさねの命婦が言う。

「賜姓《しせい》の方（臣籍降下《しんせきこうか》をした皇族のこと）も入れたら、皇孫には幾人か候補がおられるわよね」

「そうね。源蔵人《げんのくろうど》とか衛門督《えもんのかみ》もそうだし。あ、でも神祇伯《じんぎはく》は、年齢と独り身であることを理由に早々に辞退なされたそうだけど」

世間話のように告げられた櫨かさねの命婦の言葉に、荇子は驚く。

「え？　神祇伯ってお独りなのですか？」

「あれ、知らなかったの？」

「存じませんでした。てっきり北《きた》の方《かた》がいらっしゃるものだと。もしかして死別なされたとかですか？」

「さあ、でも私が宮仕えを始めた頃から独り身だったわよ。そのときは神祇官ではなくて別の職にあったと思うけど、いまと同じで気品に満ちた麗《うるわ》しい殿方《とのがた》だったわ。すでに三十半ばぐらいだったけど、どの親王様方より匂やかだと評判だったもの」

それは今の姿からも想像できる。還暦《かんれき》過ぎてなおあの気品を保っているのだから、男盛りの頃の美しさはどれほどのものだっただろう。

（あの見た目と性格で、独り身なんだ……）

なんの躊躇《ためら》いもなくそんな疑問を覚えたあと、荇子は不快感を感じた。

自分も含めた世間全般の、あの年齢の者であれば結婚していて当たり前で、とうぜん子供もいるのだろうと決めてかかっている思い込みに対してだ。

荇子自身、昔から結婚などしたくないと思っていた。そして少し前には、一般的に女性にとって重要とされる、恋、結婚、出産のすべてに興味がないという麗景殿女御《にょうご》の苦悩を聞いたばかりだった。そのときは彼女の屈託やわだかまりを理解したつもりでいたはずなのに。

「だからなぜ独身なのかしらって、あの当時は話題になっていたのよね」

「もったいないわね。その気になれば高貴な姫も、美しい女人《にょにん》からも引く手数多《あまた》だったでしょうに。そうしていたら御子様にだって恵まれて、人生も豊かなものになったはずよ」

結婚をして子を得ることが最上の幸せという価値観のもと、悪びれたふうもなく命婦達は他人の人生を語る。年齢や経験を考えれば、その思いこみも仕方がないと諦められるところはあるけれど、荇子は自分がその鬱屈《うっくつ》を抱きながら、他人に対してはそのしがらみから離れられていなかった現実を突きつけられて忸怩《じくじ》たる思いを抱く。

稚彦王《わかひこおう》が結婚をしなかった理由は、なにかあるのだろう。時期を逃したのか、その気にならなかったのか。麗景殿女御のように色事に興味を持たぬ人なのかもしれないし、もしかしたら男色者なのかもしれない。あるいは今上のように忘れえぬ人が心を占《し》め、余人の入り込む隙《すき》すらないのかもしれない。女子だと否応《いやおう》なしに決められてしまう結婚も、男子であればわりと逃れられるものだ。

千の人がいれば、千の心と選択がある。

稚彦王がなにゆえに独身を貫いているのか、もしもその理由を聞けたとしても、荇子には理解はできないかもしれない。けれど独り身ゆえに、あるいは子を持たぬゆえに実りのない人生であったのだろうなどと、目に見える部分だけで他人の生き様の価値を図るような真似《まね》はけしてするまいと、荇子はあらためて自身に言い聞かせた。

東宮には、やはり竜胆宮がよかろう。

数日の論議を経て、朝臣《ちようしん》達はついにその結論に達した。けして満場一致というわけではなかったが、さりとて声を大にして反対する者もいなかった。なにしろ他に適任者がいないのだからしかたがない。中には女東宮をという意見もあったらしいが、古来の習慣にならって彼女が独身を強《し》いられる存在となれば、問題を先送りにしただけで後継をつなぐという目的はなにも解決しない。

竜胆宮の立坊、そして即位という展開にでもなれば、後援の三条大納言《だいなごん》に権勢が強まる可能性はある。しかし現在の主力である左大臣《さだいじん》、内大臣《ないだいじん》、そして一の大納言の全員が、自分以外の二人の権勢が強くなるよりはましだという、極めて利己的、かつ妥協《だきょう》的な理由で可決したのだった。

ところがいざ奏上の段階となって、ひとつの問題が持ち上がった。

竜胆宮の加冠《かかん》役を要請された三条大納言が、その件にかんしてまだ返事をしていないのだ。かねてより帝は返事を得られぬことを気にかけていたのだが、下手《へた》に強いて断られるようなことになれば本末転倒だし、冠者《かじゃ》となる竜胆宮の未来にもさわりが生じる。なにより仮初《かりそ》めの東宮の後見を依頼するという負い目もあり、ここまでは黙っていた。

しかし、そう悠長《ゆうちょう》なことも言っていられない事態となった。

左大臣をはじめとした要人の三人が、三条大納言の都合が悪いのなら自分達が加冠役を引き受けようと揃って名乗りをあげてきたのである。万一よりは高い竜胆宮の即位の可能性に、投資をする腹をくくったようだ。

しかしここで誰か一人を選べば、また面倒なことになってしまう。

痺《しび》れを切らした帝がついに三条大納言を呼び寄せたのは、竜胆宮の立坊内定二日後の昼下がりのことだった。

その日、三条大納言が殿上間に入ったのを確認した荇子は、櫛形窓《くしがたまど》から離れた。そのまま昼御座《ひるのおまし》を進み、その旨《むね》を上申する。平敷御座《ひらしきござ》の帝が気のないふうにうなずいた直後、正面の孫廂《まごびさし》に、征礼に先導されて三条大納言が現れた。

帝がどういう腹積もりかは分からぬが、公卿《くぎょう》達に対していつも下ろしている御簾《みす》が今日は上がっている。おかげで御前に腰を下ろした三条大納言も、彼の少し後ろに控えめに座った征礼の様子もはっきりと見える。高慢な者であれば恩寵《おんちょう》を笠《かさ》に着て、帝の横で同じ臣下を見下ろすようなふるまいもするが、征礼はそんな真似は絶対にしない。

荇子は帝の背後に設えた几帳《きちょう》の陰に座って、様子をうかがった。帝、三条大納言、征礼の三人のむこうに広がる東庭では、囲いの中の呉竹《くれたけ》が青い葉を茂らせていた。

「お召しにより、参上いたしました」

三条大納言は一礼する。内心の緊張がにじみでたように、声は硬い。日頃のことを考えれば、この御簾の開け広げはそれだけで動揺《どうよう》するだろう。まして彼には返答を保留している負い目がある。

「足労であった」

短く帝は言った。良くも悪くも感情のこもらない声音《こわね》からは、怒りも焦りもうかがえなかった。

「召した理由は、承知しているな」

「竜胆宮さまの加冠のことでございましょう」

躊躇《ちゅうちょ》することなく答えた三条大納言に、帝はうなずいた。

「思案する時間は十分与えたであろう。そなたが引き受けられぬと申すのであれば、左大臣達が自分が引き受けても良いと名乗りをあげておる」

「あの方々にお任せしても良しとお考えであれば、最初から私に依頼はなさらぬのではありませんか？」

かすかに挑発を含んだ帝の物言いに、三条大納言は動じることなく返した。

なるほど。なぜ自分が帝に指名されたのか、彼はそれを理解している。

名乗りを上げた三人の中から誰かを選べば、他の二人に対してのちのちの禍根《かこん》になりうる。そのうえ左大臣と一の大納言は娘を入内させている。内大臣もいずれはそのつもりでいるだろう。娘の入内を許したうえに竜胆宮の後見まで任せては、彼等の態勢があまりにも盤石《ばんじゃく》となりすぎる。

加えて人柄への信頼もある。個人的にはそれが一番大きいと荇子は思っている。三条大納言は善良と評判の人だからこそ、この場でそれを声高に主張したりはしない。しかし人から後ろ指を指される生き方はしていないという自負はあるだろう。

「図星だな」

苦笑しつつも、帝は素直に認めた。

「正直に言おう。あらゆる面において、そなたに引き受けてもらうことが一番良い」

三条大納言の表情に、わずかな困惑がにじんだ。

ここにきて荇子は首を傾《かし》げる。三条大納言は、まだ躊躇しているようである。しかしここまで帝に言われては、もはや断ることは難しい。そのうえでまだ返事を引き延ばそうとするのなら、よほどの懸念《けねん》があるとしか思えなかった。

三十代の二人の男の間に、たがいの思惑を探るための沈黙が流れる。

「亜槐《あかい》（大納言の唐名）」

征礼が呼び掛けた。三条大納言は顔をむける。

「主上がここまで仰《おお》せでございます。何卒《なにとぞ》、曲げてご承知ください」

懇願《こんがん》と強制の双方が入り混じった物言いは、帝の意向だけではなく三条大納言の為でもある。ここまで長引かせたうえに拒絶したとなれば、帝の勘気に触れたとて文句は言えない。それだったら最初に依頼された段階ではっきりと断っておくべきだった。

親子ほど年少の相手からの忠告に、三条大納言は少し不機嫌な顔をする。

「誤解をするな。私とて引き受けるつもりではいる」

「はい？」

「そなたの年では、人の加冠を引き受けたことはなかろう？　あれはあれで色々と準備や心構えが必要なのだ」

そう言って三条大納言は仔細を語りはじめた。

加冠役といっても髪を切って、冠をかぶせればよいだけではない。特に実の父親がすでにない竜胆宮の場合、加冠役の負担がより多くなってくる。一般的な役目として実名を授けなければならぬし、添臥《そいぶし》も考えてやらねばならない。

元服《げんぷく》ののちに添い寝をする添臥役は、のちのち冠者の妻となることが多い。先の東宮の嫡子の添臥に滅多な娘は選べない。さりとてわが娘を立たせるとなると、こちらも迂闊《うかつ》な相手にはやれない。色々な状況を考えた三条大納言は、安請け合いはせずにまずは竜胆宮の人柄を確認することにした。

（まあ、それでとうぜんよね）

初対面の好印象だけですぐに決めなかったあたりなど、極めて賢明である。親ならあたり前かもしれないが、ともかく三条大納言の慎重さは、子のおらぬ苻子にも十分合点《がてん》がいくものだった。

「そうか。それはすまなかった」

おもむろに帝が言った。抑揚《よくよう》のなさは変わらずだが、心持ち気まずげである。上辺の言葉だけではなく、少なからず本気で申し訳なく思っているような響きがある。

「私は加冠役をしたことがなくてな。さように色々な懸案があるなどと、考えてもいなかった」

荇子はたじろいだ。

（――これは、本当に反省している⁉）

確かに帝が加冠役を引き受けるなど、滅多なことではない。それとは逆の意味で、軽んじられてきた東宮時代に依頼をする者もいなかっただろう。

思いがけない帝の神妙さに、三条大納言はしばしぽかんとしていた。彼の位置からなら帝の表情がはっきりと見えるから、これはどんな顔をしているものかと好奇心がくすぐられたが、さすがに前に回り込んで玉顔《ぎょくがん》をおがむようなはしたない真似はできない。無念である。

「いえ……」

短く言うと、三条大納言は話を再開した。しかし困惑した表情から、どうにも調子がつかめぬ様子はうかがえる。

しばしの交流ののち、三条大納言は竜胆宮の人柄に納得した。加冠役を引き受けたうえで、十六歳になる大姫（長女）を添臥にしようと決めた。庶出《しょしゅつ》の姫だが年回りもちょうどよい。一般的に添臥には年上の姫が選ばれる。

大方の考えがまとまった矢先に、立坊《りつぼう》の話が起きた。その段階で個人名は上がらなかったが、帝の念頭に竜胆宮の存在があることは、あの場にいた全員が察したはずだ。

しかしこれは三条大納言にとって、予想外の事態であった。昨今の左大臣と一の大納言の喧騒《けんそう》を考えたら、ここで外間《がいかん》から東宮を擁立《ようりつ》するなど想像もしていなかった。

「お父宮のこともございますので、仮初《かりそ》めという立場を竜胆宮様がどのように受け止められるかご意向を尋ねようと思ったのです。もしもご本人が否《いな》と申されれば、私に説得はできても強制はできませぬ」

そうだろう。父親の失意の晩年を目《ま》の当たりにしてきた竜胆宮に、甘受することが皇親の義務だと説得できる者は、同じ経験をした帝しかいない。加えて言うのなら、どうしても否だとされた場合の強制も帝にしかできない。

もしも竜胆宮が立坊を拒絶したら、それは帝の意向に背くことになる。それでもなお、あの少年の加冠を自分に手配させるつもりなのか？　己の意向に逆らい、皇親男子としての義務を放棄した者のために——そのことも確認せねばならない。なるほど。帝の依頼に対して返事を引き延ばしたのには、それなりの理由があるのだった。

ここまでの話を聞き終えたあと、征礼はその場にひれ伏した。

「すみません。ご事情をよく理解もせずに、さしでがましいことを申しました」

「いや、時間をかけすぎた自覚は私にもある」

三条大納言は征礼の謝罪をすんなりと受け入れ、そのうえで帝に向き直った。

「竜胆宮様は、東宮位をお引き受けになられるとのことです」

「そうだろうな」

さらりと帝は言った。あらかじめ分かっていたかのような反応に、三条大納言は怪訝《けげん》な顔をする。

「主上は、宮様になにか仰せになられましたか?」

「私はなにも言っていない。されどあの者は見た目よりずっと苦労をしている。自尊心で飯が食えぬことは、そなたや私よりよく知っているやもしれぬぞ」

聞く側の気分を害さない程度の皮肉めいた物言いに、三条大納言は苦笑する。確かに彼の立場では、飯の心配をしたことはないだろう。帝も親王としての御封はあったから、竜胆宮のように爪に泥が入るような生活はしていなかっただろう。

「まことに。東宮位を円滑に渡すことで恩を着せれば、その者は生涯私を粗略《そりゃく》には扱わないだろうなどとは……十四歳の少年の言葉とは思えません」

三条大納言の証言に、荇子は呆気《あっけ》に取られた。なんと、あの少年はそんなことまで言ったのか。

竜胆宮が言う「その者」とは、帝に皇子が生まれた場合の外祖父《がいそふ》となる者だ。左大臣か一の大納言か、あるいは将来的には内大臣《ないだいじん》か、もしかしたら他の公卿《くぎょう》かもしれない。娘に皇子を産ませ、その子を帝として外祖父として権勢を奮《ふる》う。百年以上もつづいてきた実に古典的な政策である。

しかしそのとき竜胆宮が東宮位にあれば、引きずりおろすには相応の理由がいる。それを円滑に譲《ゆず》ることで、将来的な地位や生活を確約させる。北山の宮の立場を踏襲《とうしゅう》することとなるが、息子が父親と決定的にちがうところは、それが悲嘆《ひたん》ではなく計算として考えていることだ。

（なんと、たくましい）

荇子は感嘆した。竜胆宮に対して、少し前にも同じことを思った。今月の朔日《ついたち》、帝に謁《えっ》見《けん》を許されたときである。

なるほど。あの謁見で、帝は竜胆宮の本質を察していたのだ。

仮初めの東宮という屈辱《くつじょく》的な要請に対し、あのたくましい少年であれば、腹の足しにもならぬ自尊心より、可能性や糧《かて》を取るであろうと。

だから酷《こく》とも思える待遇を、悪びれることもなく伝えさせた。それが竜胆宮にとって酷でもなんでもないと分かっていたから。帝は自身の経験を重ねて、当時の自分よりずっと年少で寄る辺のない身の上の少年に、生きる手段を提供してやったのだ。

三条大納言は晴れ晴れと言った。

「聞いたときはどうしたものかとは思いましたが、あれほどたくましい男子であれば、私も安心して娘を託せようというものです」

「よいのか、竜胆宮と夫婦にしても。そなたの娘であればもっと良い縁組が望めるであろう？」

帝は尋ねた。竜胆宮との縁組は、公卿の姫にとってけして悪いものではない。しかし確実性という点では権門の子息のほうが有利である。年回りや父親の地位を考えれば、頭《とうの》中将《ちゅうじょう》・直嗣なども似合いの婿のような気もする。

三条大納言はにわかに渋い顔となった。

「実は大姫は母親の身分が軽く、縁組の話は正嫡《せいちゃく》の中の君（貴人の次女）のほうにばかり来るのです。あちらはまだ十二歳なのですが、母親が北院家の嫡出《ちゃくしゅつ》ということもあり引く手数多《あまた》の状態で……ゆえに割を食った大姫がいっそうあわれで」

なるほど。十二歳という年は結婚にはいささか早いが、婚約となれば適齢期である。大納言の娘に結婚を申し込むほどの者であれば彼ら自身が尊貴であろうし、どうせ婿となるのなら正嫡の姫のほうがよい。

姉妹の間にもっと年齢差があれば、つまり中の君が適齢期でなければ、両者が天秤《てんびん》にかけられることもなく大姫にもふるような縁談があっただろうに、中途半端に年の近いことがまことに符が悪い。本人に責があることではないから、父親としてはさぞ心を痛めていたことだろう。

貴族同士の結婚は招婿《しょうせい》の形が一般的で、妻側の実家が夫を支援する。そうなるとやはり嫡出と庶出とでは妻の格として差が出てくる。男子の場合など両者の扱いの差は制度的にも明確にされており、蔭位《おんい》などはその分かりやすい一例で、庶子は嫡子より一階低く設定されている。

秩序として身分はどうにもならない。帝を頂点と定めた段階で、この世には必然的に身分差が生じている。制度上の処遇のちがいは、個人では抗《あらが》いがたい。不憫《ふびん》であるが、幸いなことに三条大納言は庶出の大姫に、正嫡の中の君との境遇の差を慮《おもんぱか》った上での細やかな愛情を持っているようだ。

「そうか。ならばこたびの縁談には、大姫の母御も安心したであろう」

「いや、それが……」

母、すなわち妻の話題となったとたん、三条大納言は眉をひそめた。

「お恥ずかしい話でございますが、世辞にも世の道理を解しているとは評せぬ女子でありまして、いまだに中の君に比べてどうのこうのとぶちぶちと申しております」

苦々しい物言いから、どうやら側室に対してだいぶ辟易《へきえき》しているらしい。もちろん彼女にも言い分はあるのだろうが、いまの世の中では正嫡と庶出の子の間に処遇の面で差が出るのはどうしようもないことだった。

「そうか、それは頭が痛いことであろう」

「困った女子です。母がどうであれ、私にとって子供は等しく愛《いと》おしいものにちがいないというのに……」

帝の慰めに、やれやれとばかりに三条大納言が愚痴《ぐち》をこぼす。地位のある男の身勝手な言い分と受け取れなくもなかったが、大姫に対する不足のない心配りの言葉を聞いたあとだけに、荇子はその言葉を好意的に受け止めた。

なにより母が誰であれ子供は等しく愛おしいという言葉は、少し前から荇子の胸に広がっていたわだかまりを、すべてとは言わないがだいぶん取り除いた。情のない妃との間に生まれたわが子に対して、帝がどのような感情を抱くのか。そのことを考えた荇子はしばらくもやもやしつづけていた。

「そうだな。子は愛おしいものだ」

ぽつりと帝が漏《も》らした。三条大納言の顔が少し強張《こわば》った。帝が愛嬢を亡くしたのは、ほんの数か月前のことである。無神経なことを言ってしまったかと心配したようだが、帝にそれを気にした様子はなかった。

「実はかねてより、そなたに訊きたいことがあった」

「はて、なんでございましょう？」

「そなたは、娘を入内《じゅだい》させようとは思わなかったのか？」

よほど思いがけない問いだったのか、三条大納言は虚をつかれたようになった。

竜胆宮への添臥が内定した上で思うのも妙だが、指摘されれば確かにその疑問はある。内大臣のように幼いというわけではなく、十六歳というまさしく適齢期の娘を持ちながら入内を働きかけなかった三条大納言の真意が分からない。十五歳の娘を持つ権大納言《ごんだいなごん》などは、なんとかして入内をはたそうとあちこちに働きかけていると聞く。

大姫は母の身分が軽いゆえに、縁組では嫡女の妹と比較されてつらい思いをしたように三条大納言は説明した。しかし入内となると、少しばかり事情がちがってくる。

帝の妃となる場合、父親の地位が高ければ、母親の身分はよほど卑賤《ひせん》でもないかぎりわりとどうにかなる。北の方の養女としても良いし、現に麗景殿女御などは父親がまだ大納言なので、箔《はく》をつけるために祖父・右大臣《うだいじん》の養女となって入内をした。もちろん正室と側室に同じ年ごろの娘がいれば、嫡女が優先されるだろうが。

なぜ娘の入内を働きかけなかったのか？　その帝の問いに、三条大納言は困惑したようにしばし口をつぐむ。これが他の帝からの問いであれば、大姫を入内させなかったことに気を悪くしたのかと疑うところだが、今上にかぎってはそんな意図は絶対にない。

では、なぜそんな問いをしたものかと考えた荇子は、ふと思いつく。

ひょっとして帝は、そうしなかった三条大納言の政治的意図や立ち位置を探っているのではないのだろうか。

穿《うが》ちすぎだろうか？　しかし考えうることだ。

三条大納言は、潔く竜胆宮の将来のみに舵《かじ》を切ったのではないか。この先、今上に皇子が誕生しても、自分が後ろ盾となった竜胆宮に東宮の地位は譲らせないという方向に政策を転換したのではないのか。

「ございません」

なんのためらいもない一言が、荇子の疑念をあっさりと打ち砕いた。

夢から覚めたような感覚で目をむけると、三条大納言がにこやかに帝に微笑《ほほえ》みかけていた。善良ゆえに堂々としており、されど三十八歳の能吏《のうり》としてその表情に隙《すき》はない。

「私は娘の幸せを、心から願っておりますので」

一瞬なにを言っているのかと思った。だがすぐにその発言の大胆《だいたん》さに気づき、苻子は驚く。いまの三条大納言の発言は、あなたの妻となれば私の娘は幸せになれないと言ったように受け取られかねない。もちろん後宮という女人《にょにん》にとって酷《こく》な場所そのものを指摘したとも受け取れはするのだが。

（多分、両方だわ……）

そう考えると、妙に合点《がてん》がゆく。今上と三条大納言は、たがいに相手に一矢を報いたいという敵対した関係ではない。むしろ他の公卿《くぎょう》達に比べて良好なほうだが、それでも二人の間にある種の緊張感が存在することは否《いな》めない。

おそらく三条大納言は、帝に釘を刺したのだろう。自分は娘の入内という、甘い汁に喰いつく人間ではないと——まことに痛快である。

得意げな笑みを浮かべた三条大納言の後ろで、征礼が屋根裏を仰《あお》いでいる。その様子が面白くて面白くて、しかし声をあげるわけにもいかず苻子は必死で笑いをかみ殺した。

そのとき、高らかな笑い声が昼御座《ひるのおまし》に響き渡った。

笑い声の主は帝であった。白の御引直衣《おひきのうし》に包まれた肩を前後に揺らして笑いつづけている。とつぜんのことに苻子はぽかんとして、その背を見つめた。想定外のこと過ぎて、ついい先ほどまで自身が笑いを必死で抑えていたことなどどこかに吹き飛んでいた。

やがて帝は体の動きを止め、おもむろに言った。

「そなたの子供達は、よき父を持って幸せだな」

その声音《こわね》には、まだ笑いの余韻《よいん》が残っていた。三条大納言は謙遜《けんそん》するように首を横に振る。

「父親として、自然の感情でございます」

その返答に、帝がどんな表情をしたのかは荇子の位置からではよく分からない。

やおら、三条大納言は居住まいをただした。

「戯言《ざれごと》をなどを語りましたが、あらためて申し上げます。竜胆宮様の加冠役、務めさせていただきましょう」


竜胆宮の立坊《りつぼう》が決まったことで、その準備を詰めるための話し合いが宮中では繰り返されていた。つい最近までその存在を知られていなかった皇孫《こうそん》は、あらかじめ東宮候補として育った親王とはちがってやることが多い。

加冠はもちろん、親王宣下もせねばならぬ。皇親だからといって、自動的に親王、内親王となれるわけではない。宣旨《せんじ》が下されなければ、たとえ帝の子供でもただの皇子、皇女でしかないのだ。

皇孫に親王宣下が下されることはあまりないが、さりとて前例のない話でもない。皇太孫などは普通に親王宣下を受けている。

これらの儀式を立坊式に同時に行うか、あるいは分散させて行うべきかで臣下達は頭を悩ませているらしい。他に春宮坊《とうぐうぼう》の設立と人選もあるが、こちらは冠者役《かじゃ》の三条大納言に一任されているとのことだ。

まったく想像しただけで煩雑《はんざつ》さに辟易《へきえき》してしまいそうだ。普段は腹が立つことの多い男達にもこういう場合は同情を禁じ得ない。なにしろ女房達は決まった段階で動けばよいからいまのところ気楽である。儀式当日となれば、座る間もないほど業務に忙殺されるのだろうから、内侍所《ないしどころ》でのこの呑気《のんき》なひとときは、やがてくる嵐に備えて力を蓄《たくわ》えるためのものかもしれない。

「先帝は二つで立坊なされたのでしょう。そのときはどうだったのですか?」

荇子の問いに、加賀《かが》内侍は「どうだったかしら」と首をひねった。先帝は存命であれば十八歳だから、立坊は十六年も前になる。しっかり者の加賀内侍の記憶があいまいでもしかたがないことだろう。

「長橋局《ながはしのつぼね》ならご記憶かも……」

「そこまでして訊かなくていいです」

荇子の即答に加賀内侍は苦笑する。同じ内侍司で働く者同士一蓮托生《いちれんたくしょう》は覚悟したが、さりとて積極的に友好を深めたい相手ではない。

「先帝の立坊のときは、元服はなかったからね」

「それは確かですね」

袴着《はかまぎ》ですらまだ迎えていない童《わらわ》に、加冠などできるはずがない。

そうやって考えると、成人した北山の宮を退けて二歳の皇子を立坊させた南院家のやりくちは、なんという横暴だったのかとつくづく思う。

南院家の専横は、そのあともしばらくつづいた。

「でも主上の立坊のときのことは、江内侍《ごうのないし》も覚えているでしょう」

「……覚えていますよ」

自然と声が苦々しいものになる。先帝の十二歳での即位を受け、当時二十四歳だった今上が東宮に立てられた。春宮大夫《とうぐうだいぶ》は、舅《しゅうと》である室町参議が務めた。室町御息所《みやすどころ》の実父である。婿舅の関係は良好だったと聞いているが、南院家に縁を持たぬ東宮への時の左大臣《さだいじん》の態度は徹底して冷淡だった。

立坊式にはもちろん不参加だったし、その顔色をうかがって他の公卿達も参加を見合わせた。南院家が保管している、東宮の守り刀・壺切御剣《つぼきりのみつるぎ》も渡さなかった。

あの当時の状況を考えれば、今上が左大臣に牙を剝《む》けるはずもない。辛辣《しんらつ》に当たるよりは誠意を尽くしたほうが、時が来た時の東宮位の移譲《いじょう》も円滑に運べるであろう。にもかかわらずあんな嫌がらせを繰り返していたのは、底意地の悪さではなくむしろ怯懦《きょうだ》であった気がする。

「でも主上は淡々と式をこなされ、最後まで気品を損《そこ》なわれていなかったわね」

思い出してうっとりしたように加賀内侍は言うが、だからこそ先の左大臣は気味が悪くて、あのような無意味な嫌がらせを繰り返していたのではなかったのかと、いまになっては思うのだ。当時は苻子も、仮にも天下人《てんかびと》とも呼ばれる方が、なんの力も持たぬ不遇の親王になんと意地の悪い真似《まね》をするものよと眉をひそめたものだった。

しかし今上と間近に接するようになったからこそ、いまは分かる。あの鋼《はがね》のごとき芯は敵対する者からすれば脅威である。天下人《てんかびと》である先の左大臣は、それを感じていたのではあるまいか。それゆえになんとか打ち砕こうと攻撃を加えたが、残念ながら鋼は叩けば叩くほどその強度を増す。

自分達の怯懦からとんでもない強さの玉鋼《たまはがね》を作り上げ、その結果がいまの南院家の凋落《ちょうらく》を招いた。先帝、先の左大臣と立てつづけに要人を失った南院家は、抗《あらが》う力も庇《かば》う者もなく、中宮と皇太后の地位すら手放すほどに落ちぶれた。これは諸行無常《しょぎょうむじょう》か、はたまた自業《じごう》自得《じとく》なのか――。

「江内侍さん」

御簾《みす》の間から女嬬《にょうじゅ》が顔を出した。

「内蔵頭《くらのかみ》が、おいでです」

加賀内侍は怪訝《けげん》な顔をしたが、荇子には心当たりがある。先日、帝の依頼で出雲《いずもの》国《くにの》造《みやつこ》から献上された神宝の調査を依頼した。

西の簀子《すのこ》に出ると、壺庭《つぼにわ》に内蔵頭が立っていた。神無月《かんなづき》下旬の庭には、山茶花《さざんか》の花が咲いている。冬でも色褪《いろあ》せぬ、艶《つや》のある常緑の葉の重なりを押しのけるようにして開いた白い花は、花弁にほんのりと薄紅を交えている。

荇子が話しかけるより先に、内蔵頭が高欄《こうらん》の下まで駆け寄る。そうして彼は折りたたんだ陸奥紙《みちのくがみ》を差し出した。

「ご依頼の件、お待たせいたしました。こちらが目録です。記載してある神宝はすべて所在を確認しておりますので、ご要望であればお申しつけください」

娘のような年ごろの荇子に、ちょっと引いてしまうほどへりくだっている。これも征礼の勢いの表れかと思うとうまく整理しきれていないところはあるが、あれこれ思い煩《わずら》ってもしかたがないことだった。

帝を支える。そしてその帝を支える征礼をも支えると自分で決めたのだから、いまの現実と、そして近い将来を甘んじて受け止めるしかない。

荇子は高欄から腕を伸ばし、目録を受け取った。

「ごくろうでございました。この江内侍、内蔵頭のお働きを、しかと主上にお伝えいたしましょう」


神無月も晦日《つごもり》を迎えたその日。

ようやく決まった立坊関連の仔細が、書面として奏上された。

帝が奏書に目を通している間、殿上間《てんじょうのま》には主たる公卿達が控えることとなった。なにか疑問があったときに、すぐに確認をしたいという意向を汲《く》んでの対応だ。

そんなことを求めるだけあり、荇子が預かってきた奏書を、帝は平敷御座《ひらしきござ》にてすぐに広げた。そして期日や様式はもちろん、上卿《しょうけい》（この場合は儀式の責任者の公卿）の人選まで記されているであろう書面を読み終えたのち、如子に公卿達を呼んでくるように命じた。

如子は荇子と並んで帝の左斜め後ろ、三尺几帳《きちょう》の前に座っていた。

命を受けたのは如子だが、こういう場合に動くべきは下位の荇子である。しかし腰を浮かしかけた荇子を目で制すると、如子は自らが立ち上がった。彼女が踵《きびす》を返すと、葡萄染《えびそめ》の唐衣《からぎぬ》をかさねた紅梅色の表着《うわぎ》の裾《すそ》が、半円を描くように床上をひるがえる。紅色の山茶花の花弁が散ったような光景だった。

いったん如子が姿を消したあと、帝は身体《からだ》を反らすようにして荇子を見た。

「そろそろ持ってまいれ」

「疾《と》うに」

荇子は自らの傍《かたわ》らに置いた箱に手を添えた。縦は荇子の肩幅程、横幅と高さは成人男性の掌《てのひら》程の長さの蓋《ふだ》付きの木箱だ。

荇子がこれを持っていたから、おそらく如子は率先《そっせん》して動いたのだ。箱の中身がなんであるのか、如子に教えてはいない。けれど伺候《しこう》の際にこんなものを持参したのなら、誰だって不審に思う。

察するに如子は、荇子がまたもや帝の企《たくら》みに加担していると考えて、ならば自分がちょっと気を利《き》かせて場を外そうと判断したのではあるまいか。でなければ、あの場では部下である荇子に足を運ばせるのが普通である。

（企みというほど、大袈裟《おおげさ》ではないけどね）

うん、たぶん。こんなもの、いままでの悪巧みに比べればかわいいものだ。誰に対するでもない言い訳を胸の内でつぶやいていると、ひたひたと板の間を擦る音がして、御簾のむこうに三人の人影が現れた。左大臣、内大臣《ないだいじん》、一の大納言《だいなごん》の三人だ。右大臣《うだいじん》が高齢により参内《さんだい》が叶わぬ現状では、彼らが事実上の上位三席である。公卿《くぎょう》達を呼べといっても別に全員に来いと言ったわけではなく、代表者というか帝の問いに忌憚《きたん》なく答えられる者を要請したのである。

左大臣を真ん中に三人が腰を下ろしたところで、西廂《にしびさし》側から如子が戻ってきた。荇子の隣に戻ってきた如子は、膝の上で檜扇《ひおうぎ》を丁寧《ていねい》にたたたんだ。殿上間で顔を隠すために広げていたのだろう。

「ねえ、なんなのそれ？」

如子は顎《あご》をしゃくるようにして、箱を示した。二人で伺候して四半刻《こく》程経つのに、なぜいまさら訊くのかと思った。しかし意外に下世話な話題が好きな彼女の気質を思うと、本当はもっと早く訊きたかったけれど、ここまで我慢していたのかもしれない。

「神宝です」

「は？」

如子が黒瑪瑙《くろめのう》のような眸《ひとみ》をぱちくりさせたとき、帝が平敷御座からゆらりと身を乗り出した。

「立坊《りつぼう》への取り決め、御苦労であった。まずは親王宣下を行い、日をおいて元服《げんぷく》と立坊を同時に行うという、おおよそのことはこれでよかろう」

帝は折りたたんだ奏上を櫃《ひつ》に戻した。漆塗《うるし》りで、折敷《おしき》のような形体の平箱である。すぐに引き取りに行った方がいいかとも考えたが、あの程度の物が置いたままでも別に目障りではないだろうし、話の流れでまたすぐ手にとるかもしれないので、しばし様子を見ることにする。

「ところで東宮に授ける守り刀だが――」

「その件でございましたら、三条大納言から南院家に要請をさせようと考えております」

帝の言葉を遮って左大臣が答えた。東宮の守り刀とは、壺切御剣のことである。今上が東宮の位にあったとき、これはついに彼に渡されることがなかった。今上の即位後は東宮不在の状況がつづいたので、そのまま南院家が保有しているはずだった。

当時の左大臣の言い分は、壺切御剣はもともと自分達の外孫であった東宮のために藤家が献上した守り刀。守護の対象は藤家所生の東宮にのみあるというものであった。一応理屈だが陰険にもほどがあると、そのとき十七歳だった荇子は不快に感じたものだった。

しかしそうなると、傍流とはいえ南院家出身の母を持つ竜胆宮に渡さぬ理由がない。

いまの南院家の家長は、先の中宮の異母弟である。庶出《しょしゅつ》のうえに先の左大臣晩年の子供ということで年もまだたいそう若く、父亡きあとの一門を維持できずにいる。ちなみに氏長者の地位は、とっくに北院家に奪われている。

これだけの条件が揃えば、南院家に壺切御剣を出させることは造作《ぞうさ》もないことだ。縁戚《えんせき》であることを理由に南院家の者達が竜胆宮にすりよってくる懸念《けねん》はあるが、父宮亡きあとの仕打ちを考えれば、竜胆宮も彼らには心を許しはしないだろう。

「いや」

短く帝は言った。それが思いがけず低い声だったので、荇子はぎょっとする。声を抑えているからこそ余計に、内に秘めた見えないものの圧が伝わってくる。過去にむちゃくちゃな抑圧をされてきたそれは、すでに元の素直な形を歪め、しかもわずかな綻《ほころ》びをきっかけに勢いよく外に飛び出すほどの力を内包しつづけてきた。いまの短い一言は、これまでの帝の鬱屈《うっくつ》がじわりと漏《も》れ出たものである気がした。

荇子は固唾《かたず》を呑《の》むが、ふと別の気配を感じて視線を動かす。その先では如子が、険しい表情で帝を見つめていた。

「もう南院家には、朝政にかかわらせぬほうがよかろう」

抑揚《よくよう》のない声音《こわね》だからこそ、かえって容赦《ようしゃ》がない。

もちろん先の左大臣、先の皇太后との経緯を考えれば、帝が南院家を排除しようと考えても不思議ではなかった。

如子はきれいに紅をかさねた唇をぎゅっと結んでいた。

南院家嫡流の彼女は、なんとも言いようがない感情を抱いているにちがいない。一門にはもはや冷ややかな感情しか持っておらずとも、快哉《かいさい》の声をあげるほどにその感情は歪《いびつ》になっていない。加えて恨み骨髄《こつずい》に徹するには、如子は性格が合理的すぎた。恨みを募《つの》らせる暇があるのなら、糧《かて》を得るために働くほうが生産的で精神衛生上もよいと考える、そんな極めて健全な人間なのだ。

恨みに固執しないという点では、帝も同じである。なにしろ彼は他人を徹底して無視することができる人なので、そこまで恨みを募らせようがない。ゆえに南院家の残党に止《とど》めを刺すかのようなこの発言には多少の違和感がないでもなかった。

「東宮のために、新しい剣を準備する」

とつぜんの宣言に公卿達は絶句した。何代もの東宮に受け継がれてきた剣を、破損したわけでもないのに新しくするというのだから、とっさに理解が追いつかないはずだ。ましていまの南院家から壺切御剣を取り上げるなど造作もない。拒否したところで多少荒っぽい手段を使えば、それに刃向かう術《すべ》を彼らは持たない。

にもかかわらず、献上を求めずに新しい剣にするという。

面倒事を避けたようにも受け取れるが、裏を返せば苛烈《かれつ》な処置でもある。

壺切御剣を持つことでわずかにつながっていた南院家の皇統継承へのかかわりは、これで断ち切られた。

今後、南院家は完全に政《まつりごと》の場からはじきとばされる。

容赦ない。

「それもよろしいかと」

左大臣《さだいじん》が言った。追従《ついじゅう》するその発言には、さまざまな感情を孕《はら》んでいる。彼にとっても南院家は、もはや恐れるに値しない。石もて追う価値もなく、女子供しか残っておらぬ一門にそこまでするのも後味が悪い。

けれど帝がそう仰《おお》せならばしかたがない。帝が南院家を恨むのはとうぜんの成り行きであるから、それを諌《いさ》めて下手《へた》に勘気に触れでもしたらとばしりである。

これが神剣・草薙剣《くさなぎのつるぎ》を鋳造《ちゅうぞう》するというのならあたふたもするが、壺切御剣はしょせん臣下の一人が献上した剣である。その歴史はせいぜい一世紀余で、神代より伝わる草薙剣とでは格がちがう。そう考えると最初からさほど執着するものでもなかった気もするが、そういった経緯も左大臣の後押しをしたのかもしれない。

（その点では、こっちのほうがよほど由緒正《ゆいしょ》しいかも……）

荇子は傍《かたわ》らに置いた箱に目をむける。なにせこちらは神宝である。しかも草薙剣とは縁も深い。

「賛同してくれるか？」

「もちろんでございます」

「御意《ぎょい》のままに」

「私も同じでございます」

三人の公卿達は、少しずつ順番をずらして同意の言葉を告げた。その中で内大臣が提案する。

「ではさっそく木工寮《もくりょう》に製作の依頼を」

「それには及ばぬ」

帝は半身を反らして荇子に目配せをした。荇子は箱を手にして立ち上がり、端近《はしちか》まで歩み寄った。そこでふたたび膝をつき箱の蓋《ふた》を取る。錦の袋にくるまれた細長い棒状のものが入っている。

刀である。太刀《たち》というには少々短く、刀子《とうす》というには長すぎる。

組み紐を解き、袋から引き出す。柄は鳥の子色に染めた鮫皮《さめがわ》が巻かれ、黒漆で仕上げた鞘《さや》には蒔絵《まきえ》の装飾が施してある。

そこまでしていったん刀を箱に戻すと、荇子は御簾《みす》をくぐりぬけた。孫廂《まごびさし》に並んだ三人に公卿は、荇子の登場に〝またこいつか〟という顔をしている。たかだか内侍風情《ふぜい》の女房がなにかと帝の間近にいる理由は、最初はその能筆《のうひつ》に求められていた。しかし近頃では征礼との関係によるものと考えられているらしい。

どれもちがう。真相は、荇子が帝の弱みを握っているからだ。

「ご覧ください」

箱を前に置くと、公卿達はたがいに目配せをしあう。場所的には真ん中の左大臣が近かったが、一番若い内大臣がいざり出た。右手で柄《つか》を摑み、左手で鞘を抜く。露になった抜き身の刀身が、日差しをはじいて眩《まばゆ》い光を放った。研《と》ぎ澄まされた鋭利な刃先は、目にしただけで皮膚《ひふ》が切れてしまいそうで危うささすら覚える。

内大臣は抜き身を日にかざし、ため息をついた。

「……これは見事な刀でございますな」

「さもあらん。出雲の玉鋼《たまはがね》なのだから」

「出雲の玉鋼⁉」

三人の公卿は同時に声をあげた。

出雲国の玉鋼の質の高さは、都にもその名を馳《は》せている。かの地では良質な真砂砂鉄《まさごさてつ》に加え、たたら製鉄に欠かせぬ木炭を作るための木材が豊富に採れるのだ。古来より鉄の産地として名を馳《は》せていたその地で、神剣・草薙剣が誕生したという神話もあながちそれと無関係でもあるまい。

「前代の出雲国造《くにのみやつこ》より、神賀詞《かんよごと》のさいに献上された神宝だ」

「なるほど、どうりで見事な意匠《いしょう》でございます」

「それを守り刀として、私から東宮に下賜《かし》をいたす」

宣言というにはあまりにも淡々と告げられた言葉に、三人の公卿は怪訝《けげん》な顔をした。帝の真意が、とっさにはつかめなかったのだろう。

この場合、重要なのは出雲産ということではない。帝から東宮に渡すという構図こそが肝《きも》なのだ。

藤家所生ではないゆえに、守り刀を献上されなかった。そんなことは構わない。屈託が一切ないとまでは言わぬが、そんな些末《さまつ》な嫌がらせに執着するような今上ではない。むしろこれを切っ掛けに、自らの手で守り刀を準備することを彼は決めたのだ。

皇位の継承は、帝が一人で決めるものではない。しかし論議を重ねて決めたはずの東宮に、権力者一人の意向でのあのような嫌がらせは許さない。守り刀を帝から東宮に下賜するものとすれば、皇統の継承のさいに余計な嘴《くちばし》は挟めない。

ここまできて公卿達は、ようやく帝の思惑に気づいたようだ。焦ったまま左大臣が口を開く。

「しかし東宮様にお渡しする守り刀が転用であっては、体裁《ていさい》がつきませぬ」

「出雲の神宝は献上品で、朝廷がなにかの目的で作らせたものではない。ならば転用という言葉は当たらぬ。しかも神器のひとつ草薙剣は、出雲の素戔嗚尊《すさのおのみこと》により皇祖神（天照大神《あまてらすおおみかみ》）に奉《たてまつ》られた。ならば東宮の守り刀が出雲よりの献上品というのは、皇統を継ぐ者に授ける品として相応《ふさわ》しくはないか」

守り刀になにが相応しいのかなど苻子には分からぬが、左大臣達が言い返せないでいるところから察するに理屈ではあるのだろう。出雲産であることが公卿達を言い含めるよき材料になると考えたから、帝は前代の神宝を確認させたのだ。

内蔵頭《くらのかみ》に提出させた目録に刀が記されていたのを見て、帝はほっとしていた。玉鋼の生産地・出雲から献上された神宝であれば、おそらく刀はあるだろうとは思っていても確信はなかったらしい。

煙《けむ》に巻かれたような顔の公卿達に、帝は独り言のように告げた。

「前代の壺切御剣《つぼきりのみつるぎ》は、もうその役目を終えた。南院家にはそう伝えてよかろう」

「ならば私がお報せいたしましょう」

如子の声が響いた。荇子は首を回した。しかし背に押しやった御簾の間からは、手前の帝の姿は見えても奥の如子にまで目は届かない。

「南院家の当主は、私の従弟《いとこ》でございます。御列席の月卿《げっけい》（公卿）方より、私が文を記したほうが穏やかに伝わるかと」

穏やかになど、およそ如子らしくないことを言う。しかし凜《りん》とした口調は、いつもの彼女と変わらなかった。

南院家へのこの通告は、引導にも近いものだった。

その役目を、身内の如子が請け負おうとしている。そこにどんな彼女の思いがあるのか荇子には分からない。けれどここにいる人間の中で誰がその役目を引き受けるのにふさわしいかと訊かれれば、如子であろうとしか答えられなかった。

帝は如子のほうを振り返らなかった。荇子が押し上げて作った御簾の間から、青い呉竹《くれたけ》の葉に目をむけたまま言った。

「ならば、よきに計らえ」

夜が更けた頃、征礼が局《つぼね》を訪ねてきた。緋色《ひいろ》の袍《ほう》を着たままでいるから、こんな遅くまで仕事をしていたらしい。少納言という本官の仕事が通常範囲の量であっても、殿上人《てんじょうびと》という帝の近臣としての役割が彼の場合は特に多い。

「稚彦王が、これをお前に渡してくれって」

そう言って征礼が手渡したものは、古い数冊の冊子だった。表紙に記された文字に苻子は怪訝な顔をする。

「『古事記《こじき》？』」

「祝詞《のりと》をあれだけのびのびと書いていたから、同じ真仮名《まがな》表記の『古事記』も楽しいんじゃないかって。あ、別に写本の依頼じゃないぞ。真名《まな》の手本としてでも使ったら、変わり種で面白いんじゃないかと仰《おお》せだった」

思いがけない厚意をどう解釈したものか、苻子はしばし迷う。

祝詞の写しを称賛されたとき、宣命のことをそれとなくほのめかされた。そのとき苻子自身は色々と考えることもあったが、口にした稚彦王の意図はたんなる世辞だろうと思っていた。

（そうじゃなかったの？）

主上の宣命を奉《たてまつ》ることができる、一角《ひとかど》の者になりなさいという意味だったのか？

しかし自分と稚彦王との関係性を考えれば、いくらなんでも唐突すぎる。普通に考えれば、どう考えたって世辞でしかない。

「お前が正式な奉書や、宣命を賜《たまわ》れるようになればこっちも心強いからな」

さらりと征礼は述べたが、どこかに切実な響きがあった。それで荇子は察した。稚彦王は世辞だったのかもしれないが、征礼と帝はそうではないのだと。彼らは自分達の戦力として、荇子を加えたいと望んでいる。

しかしもしもそうなれれば、これは荇子にとっても大きな武器となる。征礼と一緒に帝を支え、同時に彼をも支える為の手段のひとつともなる。

荇子は手にした『古事記』をしみじみと見つめる。

私にできるか、の疑問ではなく、できるはずだという強い思いが芽生《めば》える。自分の中にあった焦燥《しょうそう》感が気概《きがい》に変わってゆくのを肌で感じた。

「ありがたいけど、本当にもらってもいいの？　貴重な品なんじゃないの？」

「俺もそれは訊いたけど、自分のような独り身の年寄りが持っていても、遠くないうちに埃《ほこり》をかぶってしまうことになるから、いまのうちに若くて才能のある者に譲《ゆず》ってゆきたいとお考えだそうだ」

女の身でその一人に選ばれたのは誉《ほま》れだが、なんだか身の回りの整理でもしているような言い方は気になる。還暦《かんれき》過ぎというのは世間的に高齢だが、特に持病を抱えていなければまだまだ健《すこ》やかに過ごせる年齢でもある。極めて健康そうに見えた稚彦王だが、なにか不調などありはしないかと気になった。

「ところで、典侍《ないしのすけ》の様子はどうだ？」

唐突ともとれる征礼の問いに、彼が昼間の件を気にしているのがすぐに分かった。

「さあ。仕事が終わってすぐに自分の局《つぼね》にお戻りになられて、それっきりよ」

「典侍も複雑だろうな」

ため息交じりの征礼の言葉に、荇子は無言を貫く。征礼も独り言ぐらいのつもりだったのか、返事を求めようとはしなかった。

しばしの間、二人は黙って灯心の揺れる明かりを眺めていた。練絹《ねりぎぬ》の几帳《きちょう》の帳《とばり》には、征礼の影が本人の身体《からだ》より一回り大きく映し出されていた。

ぽつりと荇子は問うた。

「主上は、南院家に報復をなさりたかったの？」

壺切御剣を取り上げることで、完全に朝政から遠ざける。

だったとしても責められないが、違和感はあった。

これまでも帝は、南院家の女人《にょにん》である先の皇太后と中宮に果断な処置を下した。けれどそれは自身の安全と今後の煩《わずら》わしさを断つためであって、私怨《しえん》ではなかった。だからこそ先の中宮は地位と名誉の代わりに、わが子と愛する夫を手に入れることができたのだ。

周りが思うより有情の人で、かつ恨みを抱えてまで他人に固執しない。その帝が、事実上は主すら失った南院家をこのうえさらに打ちのめそうと考えることには違和感がある。

報復したいのかという苻子の問いに、征礼は首を横に振った。

「説明しただろう。主上は壺切御剣を、帝から東宮に授けるものとしたかったんだ。忘れたのか？」

「覚えているわ」

むすっとして苻子は答えた。一緒に帝を支えてほしいと求めてから、征礼は大方のことは説明してくれるようになった。だから覚えている。出雲の神宝を手配するときには、帝からもそれっぽいことは聞いていた。

今回の南院家に対する処置は非情だが、必要なことで非道ではない。

それを承知したうえで、今日、昼御座《ひるのおまし》で告げられた帝の言葉の節々からにじみでる鬱屈した感情の存在を、苻子は否定することができなかった。

「南院家は、色々と横暴が過ぎたんだよ」

ため息交じりに征礼は言った。

「そうでなければ首謀《しゅぼう》であった先の左大臣《さだいじん》が身罷《みまか》っている状況では、帝ももう少しためらったかもしれない」

「……」

「典侍だってそうだ。先の内大臣《ないだいじん》が身罷られたとき、南院家の誰か一人でも彼女に手を差し伸べてやっていたのなら、今回の件を帝に取り直そうとしたかもしれない」

たとえ如子がそうしたところで、どの程度の功を奏するかは分からない。けれど行為そのものに、実家に対する情を認識することはできる。

だが如子はしなかった。それどころか自ら名乗りをあげて引導を渡す役を請け負った。

普段は過ぎたことのようにふるまい、本人でさえそんな心の疵《きず》は忘れている。けれどなにかのはずみで疼《うず》きだしたそれは、思った以上に新鮮に痛い。

今回の帝の果断と如子の表明は必要なことで、けして私的な恨みを果たすための行為ではなかった。けれど彼らのうちにある個人的な鬱屈《うっくつ》の存在は否《いな》めない。冷静沈着で合理的なように見えて、やはり彼らも傷ついていたのだ。

あるいは今回の合理的な報復により、あの二人はこれまでの煩いから多少なりとも解放されるのかもしれない。帝は瞋恚《しんい》から、そして如子は未練から——。

「とどのつまり、人から情けをかけてもらえるかどうかは、かつて自分が情けをかけたかどうかに尽きるんだよ」

征礼は言った。人は自分が優しくしてもらった相手にしか優しくしない。報復まではせずとも、自分に辛《つら》く当たった相手に情を持てる人間はかなりの君子だ。しかしそんな者は滅多にいない。

「逆に言えば、特に過激に走らなくても、誠意と情を以《もっ》て行動すれば大方の相手は理解してくれる」

自らに言い聞かせるような征礼の物言いに、荇子ははっと胸をつかれる。

先程までの彼の発言は、帝と如子の心境を慮《おもんぱか》ってのものだった。けれどいまの一言はたぶんちがう。

唯一無二の忠臣として、征礼の責務は次第に重くなってきている。年齢と身分を考えれば、やや負荷が大きいといわざるをえない。

少し前、荇子は帝がいずれ征礼を引き上げるつもりでいるのだろうと推察した。そのとき公卿《くぎょう》達の反発を想像して身震いがした。

荇子でさえそうだったのだから、当人である征礼にその懸念《けねん》がないはずはなかった。

不安はあるはずだ。それでも征礼は逃げない。そしてそのやり方は穏やかだ。敵を屠るのでも取り入るのでもない。硬軟両様の態度で臨もうとしている。実に征礼らしいやり方だった。

「ええ、きっとそうよ」

荇子は言った。

「私も心得ておくわ」

冗談めかした物言いに、征礼は安堵《あんど》した顔をする。

陣定《じんのさだめ》での揺るぎないさまを見たとき、彼のことを別人のようだと思った。緋色《ひいろ》の袍《ほう》が相手を焼き尽くす炎のようにも見えた。

しかしいま荇子の目に映る征礼は、別人ではなかった。面差《おもざ》しはそのままに、なにも加わっていない。ただ晩秋の花紅葉《はなもみじ》のように、深みを増しているだけである。

そのことに気づいて、荇子はほっとする。

神無月晦日《かんなづきつごもり》の冷え冷えとした空気に、荇子は冷たくなった手を大殿油《おおとのあぶら》にかざす。じんわりと指先に温かみがよみがえる。明日からは霜月《しもつき》だった。

3章

断《だん》琴《きん》のあと

一年の潔斎《けっさい》を終えた出雲国造《いずものくにのみやつこ》が上京したのは、霜月に入ってまもなくのことだった。

杵築神社《きづきじんじゃ》の宮司《ぐうじ》を担う出雲国造の役職は世襲制で、代替わりがあると、新任の国造は上京をして太政官曹司庁《だじょうかんぞうしちょう》にて任命を受けなければならない。そのさい国造は『負幸物《さちおうもの》』と呼ばれる下賜品《かしひん》を賜《たまわ》る。そこまでの流れが、昨年行われた一回目の儀式である。

二回目の儀式では、国造は国司《こくし》に率いられて祝《はふり》に神部《かんべ》の神職達、子弟らを伴って上京する。そして今度は国造側が献上物、すなわち神宝を奉《たてまつ》り、そのうえで吉日を卜《ぼく》して『出雲国造神賀詞《かんよごと》』を奏上する。先日帝が壺切御剣《つぼきりのみつるぎ》とした刀は、前代国造から献上されたこの出雲の神宝だった。

儀式は三回にわたるから、来年にもう一度同じ儀式が行われる予定である。ゆえに国造交代の年に当たった国司はまことに骨折りなのだった。

その日の昼下がり。帝《みかど》への謁見《えっけん》を求めて、神祇伯《じんぎはく》・稚彦王《わかひこおう》が清涼殿《せいりょうでん》に参内《さんだい》をした。以前はあまり姿を見せる方ではなかったのだが、五日後に執り行われる出雲国造神賀詞を控えてからは、しばしばその姿を御所内でも見るようになっていた。

荇子《こうこ》が簀子《すのこ》から台盤所《だいばんどころ》に入ろうとしたとき、殿上間《てんじょうのま》の下戸前にいた稚彦王の姿が目に入った。

「神祇伯さま」

呼び止めて、深藍色《ふかきあいいろ》の唐衣《からぎぬ》の下にかさねた浅藍色《あさきあいいろ》の表着《うわぎ》をひるがえして近づく。深藍色は藍染《あいぞめ》の紺色《こんいろ》とはちがい、藍と黄蘗《きはだ》を交染《こうせん》した暗い青緑色のことだが、浅藍色はこれよりさらに黄味が強くなった色で、浅は薄いという意味ではない。

「先日は貴重な書籍を頂戴《ちょうだい》いたしまして、ありがとうございました」

荇子は深々と頭を下げた。『古事記《こじき》』を譲《ゆず》ってもらったとき、もちろん礼状は記した。しかし直接顔をあわせたからには、きちんと礼を述べたい。

稚彦王は目を細める。

「こちらこそ。活用してくれる者の手に渡ってくれるのが一番だ」

「そのお気持ちを無にせぬよう、手習いに使わせていただいております」

「そうしてくれれば、譲った甲斐《かい》があったというものだ」

短いやりとりのあと、稚彦王は帝への謁見を求めた。例の女祝《おんなはふり》の件も含め、今回の神賀詞について報告したい旨《むね》があるのだという。朱砂院《すさいん》のご落胤《らくいん》の件にかんしては、孫娘に叙《じょ》爵《しゃく》をするという理由から公《おおやけ》にしたが、いかんせん朱砂院のことを記憶している者があまりいなかったので、たいした騒ぎにはならなかった。

稚彦王には殿上間で待ってもらい、荇子は昼御座《ひるのおまし》に入って帝にその旨を伝えた。帝が謁見を了承したので若い命婦《みょうぶ》に呼びに行かせ、自分はいつもの三尺几帳《きちょう》の前に待機する。最近はすっかり慣れたもので、ここからでも帝の表情が見やすい位置と角度にすぐに座れるようになった。先日の三条大納言《さんじょうだいなごん》とのやりとりのさい、神妙な様子の帝の顔を見ることができずに臍《ほぞ》を噬《か》んだばかりだった。

御簾《みす》を隔てた御前に腰を下ろした稚彦王は、上京した女祝への叙爵が滞《とどこお》りなく終わったことを伝えた。

「こたびの叙爵に、出雲一行はいたく感動しております。感謝の意として、神賀詞を奏上したあとに神楽舞《かぐらまい》を奉納させていただけないかと申し出ております」

「神楽舞？」

「はい。その女祝は有名な神楽舞の名手だというのです」

稚彦王の説明はこうだった。女祝の実家は、国造家縁《ゆかり》の一族として代々杵築神社の神職を任されている。その一方で摂社《せつしゃ》の神職も掌《つかさど》っており、神楽はその摂社での神事に奉納されるもので、杵築神社とは別の流れで伝わり、独特の形を継承しているのだという。

「件《くだん》の娘が祝に就任したいまでこそ舞う機会は減りましたが、かつてはそれを生業《なりわい》にしている猿女《さるめ》のごとく美しく舞い、神事のさいには近隣の村々から来た見学の者で人だかりができるほどに評判であったというのです。これは出雲側ではなく国司の証言でございますので、決して手前味噌ではないかと」

まるで自分が見てきたことのように、やけに情熱的に稚彦王は語った。日頃の物静かな様子からは違和感があったが、饒舌《じょうぜつ》の理由はすぐに明らかになった。

「亡き朱砂院も舞の名手であられたので、これはもうお血筋でありましょうか。男女の差はございますが、顔の造作もよく受け継いでいる印象でございました」

しみじみと稚彦王は語った。朱砂院と親しくしていた彼には、懐古の念に通じるものがあるのやもしれない。

「そのような話は、私も聞いたことがある」

帝が言った。

「朱砂院というお方は容姿端麗《ようしたんれい》にて才気煥発《さいきかんぱつ》。すべてにおいて優れた方で、特に芸事にかんしては天人もかくやとあるほど見事な腕前であったとか」

「これはなんとまあ、主上《おかみ》のようなお若い御方の周りにも、朱砂院の話をする方がいらっしゃいましたか」

「若いなどと、私はもう三十だぞ」

「ならば私の半分以下しか御存生《ごそんじょう》しておられませぬな」

まるで少年に対するかのような稚彦王の物言いに、さすがの帝も苦笑している。その反応は新鮮だったが、それよりも荇子は、朱砂院の評価と末路の落差が気になっていた。

十六歳で即位をした帝が十九歳で退位をしたなど、どう考えても不穏でしかない。今《きん》上《じょう》や北山《きたやま》の宮《みや》のことを考えれば経緯はだいたい想像できるが、失脚をさせられた者に対してなにひとつ批判めいた言葉が残っていないのが逆に不自然である。

人が失脚するときは、たとえ濡れ衣であってもなんらかの理由が存在する。それが一切ないまま、ただ十九歳で退位したという事実だけが残っている。間違いなくなにかあったのだろうとは思うが、それは単なる好奇心でなんとしてでも探ろうとまでは苻子も執着していない。

神楽奉納に帝は許可を出した。そのうえで「さほどの名手であるなら、女房達も紫宸殿《ししんでん》に呼んで見せてやるがよかろう」などと提案したものだから、苻子は喜色を浮かべた。

「まことでございますか。聞けば、みな喜びますでしょう」

「私も足を延ばしてみるか」

「……南殿《なんでん》（紫宸殿）にまで、お出でになるのですか？」

思いがけない帝の希望に、苻子よりも稚彦王のほうが驚いたようだ。

出雲国造神賀詞は、当初は大内裏《だいだいり》の朝堂院で行われていたらしい。しかし近年では、朝堂院は即位式と朝賀のときくらいにしか使わず、大きな儀式はもっぱら紫宸殿で執り行われている。その紫宸殿での儀式も帝の出御《しゅつぎょ》となると大仰《おおぎょう》になるので、近頃では帝は出向かずに、蔵人所《くろうどどころ》や内侍所《ないしどころ》を通じて奏上するという簡略化した形式が中心になっている。

帝が後宮以外の場所を目的に清涼殿を出るというのは、それだけ大事《おおごと》なのだ。

それをいくら皇親に連なる者とはいえ、たかだか地方の祝が納める神楽舞に、自ら足を運ぶというのだ。稚彦王の驚きはとうぜんだし、荇子も内侍《ないし》として心構えが必要となってくる。これはすぐに如子《ゆきこ》に伝えなければと腰を浮かしかけた荇子に、まるでその行動を見透かしたように帝が言った。

「内内に済ませよ。あまり大袈裟《おおげさ》にするな」

「──助かります」

内心で荇子は胸を撫《な》でおろした。帝の出御を下手《へた》に公にすると、方角やら吉日やらをきちんと詰めなければならなくなってしまう。それは大変に煩《わずら》わしい。しかしお忍びという形にすれば、ある程度は見ないふりができる。

荇子が腰を下ろすと、その間合いで稚彦王が口を開く。

「ところで昨日、新しい出雲国造から献上品が奉られました」

必然的に荇子の脳裡《のうり》に、壺切御剣が思い浮かぶ。先代の献上した刀が東宮《とうぐう》の守り刀となったことを、新しい出雲国造は知っているのだろうか。知ったのならば畏《おそ》れ多いと思うのか、あるいは何十年も前、しかも父親が献上したものなどどうでもよいと思うのか、荇子には想像がつかない。

「それで、これは主上に申し上げるべきほどの話ではないのやもしれませぬが……」

稚彦王は語尾を濁したが、そういう言われかたをされては嫌でも気になる。あんのじょう帝は話をつづけるよう促した。

「実は目録と異なるものが入っておりまして」

稚彦王の説明によると、献上品は目録通りで不足はなかった。しかし目録に記されていないものまで入っていたというのだ。

珍しい展開だった。こういう場合に問題となるのは、たいていは盗難が疑われる不足のほうである。

「出雲側の手違いではないのか？」

「私もそのように尋ねましたが、国造は覚えがないと。となれば私どもの手違いかとも思い調べましたが、こちらも同様で誰も存ぜぬと」

稚彦王は首を傾《かし》げている。しかし彼自身が言ったように、確かに帝に報告するほどの話ではなかった。物がなくなったのではなく、どこからか余計な物が紛《まぎ》れ込んでいたというだけである。奉納舞と献上品の話の流れで、報告に至ったという程度の内容だ。

「薄気味悪い話だが、そなたがそこまで思い煩っているのであれば、容易に廃棄できる品でもないのだな」

　帝の指摘に稚彦王は、御簾のむこうで黙りこむ。それはほんのわずかな時間で、すぐに気が抜けたような笑いを漏《も》らした。

「さすがでございますな。なまじか高価な品でございますゆえ、迂闊《うかつ》に扱いもできずに処置に困り果てているのです。その品と申しますのは、玉製の頸珠《くびたま》にございます」

「頸珠？」

　あからさまな驚きの声をあげてしまい、荇子ははっとして口を押さえる。しかし時すでに遅く、帝は上半身をねじってこちらを見ている。おそらく御簾向こうの稚彦王も似た反応だろう。

「し、失礼を……」

「なにか心当たりでもあるのか？」

　帝が問うたので、荇子はあわてて否定する。

「なにもございません。ですが頸珠とは、珍しいと思ったものですから」

　唐土《もろこし》ならともかく、この国では装飾品として頸珠は使わない。もしかしたら市井《しせい》では流行《はや》っているのかもしれないが、少なくとも荇子は見たことがない。

「そうだな。伯、それは数珠ではないのか？」

「いいえ、珠の形がちがいます」

稚彦王は断言した。予想外の理由だった。頸珠自体は目にしたことはないが、珠という言葉から必然的に球形を思い描いていた。

「青の勾玉《まがたま》と赤の管玉《くだたま》を、複数組みあわせて作った、舶載品《はくさいひん》ではまず見ない形状の頸珠です」

「……勾玉だと？」

帝の声に緊張がにじんだ。苻子の脳裡に先日の神鏡騒動が思い浮かんだことは必然であった。箱を開けて所在を確認できないことは、八咫鏡《やたのかがみ》も八尺瓊勾玉《やさかにのまがたま》も同じである。

ただし内侍所に据え置かれた神鏡とちがい、夜御殿《よるのおとど》に置かれた剣璽《けんじ》（神剣と神玉）は、常に帝とともにあるよう行幸のおりには持ち運ぶ。皐月《さつき》の端午《たんご》、水無月《みなづき》の神今食《かむいまけ》のときも動座《どうざ》をした。ゆえに箱の中に異変があれば気づく。神鏡のように、持ったことも揺らしたこともないから異変が起きてもなにも分からぬ、という事態にはおそらくならない。

加えて言うのなら、八尺瓊の『八』は大きなものに対する美称ではないかという、先日の稚彦王の説明もある。見ないまま断言するのもなんだが、複数の勾玉と管玉を組み合わせて作った頸珠というのは該当《がいとう》しない。そもそもその可能性があれば、稚彦王が真っ先に考えつくはずだ。

しかし神器にかんする懸念《けねん》は払しょくできても、いまどきその意匠《いしょう》の品が出てくることが不審であるのにちがいはない。

「しかし出雲側も、そのように古式な形状のものを、新しい献上品としては作らせぬであろう」

「私もそう思います。しかし意匠こそ古くはありますが、碧玉《へきぎょく》は高価なもの。簡単に処分もできませぬし、さりとて由来の分からぬ品を御所に納めるわけにも参りませぬ」

稚彦王の言い分はもっともだった。それが無くなったというのならまだ分かるが、どこからか出てきたというのは不思議すぎる。そんな出所の分からぬものを御所で受け取るわけにはいかない。

「なんと面妖な話か」

荇子の心境を、そのまま帝が言葉にした。まったく、その通りだ。誰がなんの目的があってそんなことをするのか理解できない。

やがて稚彦王が、遠慮《えんりょ》がちに切り出した。

「国造《くにのみやつこ》は否定しましたが、私は頸珠は出雲のものではないかと考えております」

「しかしさような真似《まね》をする理由が、出雲にはなかろう」

「理由は私にも分かりませぬ。されど出雲は碧玉の産地。特にあのように古い意匠が流通していた時代、出雲は豊富な勾玉を所有していたと思われます」

つまり頸珠は神宝として新しく作られた品ではなく、出雲にあった年代物が紛れ込んだのではという推察である。なぜそんなことにという疑問は残るが、御所にある品が出雲からの献上品に紛れ込んだと考えるよりは、はるかに説得力がある。

なるほどと感じ入る帝に、稚彦王は告げた。

「ゆえにあの頸珠は、出雲に返すべきかと考えております」

「そなたの話を聞くかぎり、私に異論はないな」

「ご同意いただきありがとうございます。しかし一度献上されたものを戻すという形を取れば、出雲側の顔をつぶすことになりかねませぬ。それゆえ返却の手段を考えあぐねている次第でございます」

この言い分を聞くかぎり、稚彦王の中では、最初から返却ということで結論は出ていた気もする。

とはいえ、出雲側も安易に受け取ることはしないだろう。少なくとも国造は覚えがないと言っている。それを返却すると言われても、普通は戸惑いと気味悪さが先にくる。功利《こうり》的な者ならあっさりと受け取るかもしれないが、なんといっても皇祖神の流れを汲《く》む由緒《ゆいしょ》正しき出雲国造である。

「ならば神楽舞《かぐらまい》の下賜品《かしひん》にしてはいかがですか？」

思いつきから提案をした荇子に、帝と稚彦王の視線が集中する。やがて御簾《みす》のむこうでぱんっと音が響いた。稚彦が手を鳴らしたのである。

「それは妙案だ。主上、さすが腹心の女房でございますね」

さらりと言われた腹心という単語に、荇子は思ったよりもひるまなかった。

自覚はなかったが、ある程度の覚悟はしていた気がする。世間的に見れば荇子は帝にとって、すでに征礼《まさゆき》と似た立場になりつつあるのだろうと。

もちろん現実として、荇子の立場は征礼には及ばない。能力はもちろん、帝への献身の年月、腹の据えようの差は歴然としている。そもそも征礼が長年かけて築き上げてきた絆《きずな》に、わずか数か月で追いつこうなどと図々しいにもほどがある。

けれど荇子にとって帝への献身は、征礼を支えるためでもある。そのぶん帝だけを支える征礼とは別の気概《きがい》がある。ならばたとえあの主従の絆に入り込む余地はなくとも、そこから自分なりの新しい関係を築くことはできるのではないかとも思う。

征礼が帝を支えたいと考えているのと同じように、帝も征礼を守りたいはずだ。ならばそれを荇子が請け負おうではないか。

前を見ると、帝は口許を緩めていた。それが少し得意げな笑みに見えたのは、自分の気のせいではないのだろうと、荇子は考えることにした。

卓子《たくこ》が局《つぼね》を尋ねてきた時、荇子は文机《ふづくえ》の前で手習いをしていた。

「すみません、お仕事中ですね」

「仕事じゃなくて手習いよ。ちょうど休もうと思っていたところだから大丈夫」

引き返そうとしたところを呼び止めて床に円座《わろうだ》を置くと、山吹色《やまぶきいろ》と茜色《あかねいろ》の袿《うちき》をかさねた卓子が中に入ってきた。手提げのついた籠《かご》をぶら下げている。

「衛門督《えもんのすけ》さまから干し柿をたくさんいただいたので、おすそ分けをしようと思って」

衛門督が卓子に入れあげているのは、女房達の間では周知の事実である。端午《たんご》の日にも豪華な薬玉《くすだま》を贈っていた。このときは彼も含め、卓子は四、五人から薬玉を受け取っていた。

十四歳の美少女となれば、多少やんちゃでも宮中では引く手数多《あまた》である。最初のうちは雅《みやび》やかな和歌など贈っていた者達も、そのうち甘い菓子のほうがよほど効果があると理解したらしい。衛門督はそんな中の一人であった。

二人の間に籠を置いたあと、卓子は荇子の背中越しにある文机に目をむけた。

「それが神祇伯《じんぎはく》から譲《ゆず》っていただいたという教本ですか？」

「教本ではないけど、譲っていただいた本よ」

『古事記』はあくまでも史書である。真名《まな》の手習いであれば経典のほうがよほど適切かもしれないが、正直それはもう飽きた。内侍司の仕事で何度か書かされているからだ。その段階で、書字はある程度できているということなのだが。

「真仮名《まがな》表記は確かに読みにくいけど、あらためて目を通すと『古事記』って面白いわよ。出雲国造神賀詞《かんよごと》が明後日だから、上巻《うえつまき》は特に興味深いわ」

「すみません。いまさらですけど、出雲国造神賀詞ってなんのためにやるんですか？」

率直に卓子は尋ねた。然《しか》りの疑問である。そもそも国造という役職自体が、すでに前代の遺物である。大方は地方豪族に起源を持ち、かつては各国に任命されて国を支配していた国造も、いまや残っているのは出雲と紀伊《きい》のみである。

それも中央から派遣される国司《こくし》が地方政治に大きな役割を成す時代となっては、国造はもっぱら神事に専従している。それを出雲にかぎって代替わりのたびに上京させて任命儀式を行うなど、話を聞いたかぎりでは甚《はなは》だ意味不明でしかない。しかし逆に考えれば、そこまでしても出雲国造が残っているのには相応の理由があるということにもなる。

荇子は干し柿で汚れた指を葛布《くずふ》でぬぐい、文机の上から『古事記』を手に取った。

「出雲国造の遠祖は天照大神《あまてらすおおみかみ》の御子、天穂日命《あめのほひのみこと》なのよ。つまりは天孫の叔父《おじ》にあたられるのね」

「え？　杵築神社の神職だから、大国主命《おおくにぬしのみこと》じゃないんですか？」

「それがちがうのよ。実は私も前はそう思っていたのだけれど」

　特に地方の古い神社は、祖先神である氏神《うじがみ》を祀っている所が多い。それゆえ神職を、末《まっ》裔《えい》と伝えられる一族が務める傾向がある。杵築神社の主祭神は大国主命だから、そのような誤解が生じても不思議ではない。

「天照大神が大国主命に国を譲らせるために、出雲に最初に派遣したのが次男の天穂日命よ。出雲は素戔嗚尊《すさのおのみこと》や大国主命らの国津《くにつ》の神々が治めていた土地だから、天照大神からすれば天津《あまつ》の神である自分の息子が治めることで安心もできたでしょう。出雲国造はその末裔だから、関係を考えればこの儀式自体は不自然ではないのかもね」

　ちなみに天穂日命の兄が、天孫・瓊瓊杵尊《ににぎのみこと》の父親である。彼らのように高天原《たかまがはら》に由来を持つ神々を天津神《あまつかみ》、その土地に土着する、素戔嗚尊や大国主命のような神々を国津神《くにつかみ》と呼ぶ。

　実は素戔嗚尊は、もともとは天照大神と同じ天津神であった。姉弟だからとうぜんだ。それが罪を犯して出雲に流れついた。そうして彼は出雲に土着する国津神となった。

ふと荇子は、かねて聞いた朱砂院の話を思い出した。

若くして退位をした尊貴の青年は、諸国を漫遊したのち出雲にたどりつき、現地の姫と恋に落ちて子をもうけた。これはまるで素戔嗚尊と奇稲田姫《くしいなだひめ》のようではないか。しかも名の音が同じというのも、出来すぎというか皮肉というかである。

話を聞き終えた卓子は、ぱくりと干し柿をかじった。

「そんな経緯があったのですね。それにしても代々の国造の方も、ずいぶんと律儀《りちぎ》なのですね。それだけ間が空いたら、どっかで忘れちゃいそうな気もしますけど」

「任命式を都でやるのだから、忘れようがないでしょう」

苦笑交じりに荇子が応えると、卓子は「それもそうですね」と言って、もう一口干し柿をかじった。もぐもぐと咀嚼《そしゃく》をする表情はこの上なく幸せそうで、口いっぱいに広がる甘味をしっかりと味わっている。

「ところで神楽舞はご覧になられますか?」

嚥下《えんか》が落ちついたところで、卓子が尋ねた。女房達にも観覧が許可されたことは、瞬く間に御所中に広がっていた。

「行くわよ。かなりの名手だと聞いたもの」

「天女《てんにょ》もかくやの舞だそうですね。それにすごい美少女らしいですよ。なんでも亡き朱砂院の面影《おもかげ》をよく映しているとか」

「それは神祇伯も仰《おお》せだったわ」

稚彦王は美少女などと俗っぽいことは口にしなかったが、朱砂院と似ているとはっきり言っていた。朱砂院はたいそうな美貌《びぼう》の持ち主だったというから、結果としてそういうことになる。もっとも男だと美しいが、女だとしっくりこない。あるいはその逆という顔立ちもありはするのだが。

卓子はしばらく籠を見下ろして干し柿をお代わりするかどうか悩んでいたが、結局一番小さそうなひとつをつまみあげた。

「それにしても神祇伯は、よほど朱砂院と親しくしていらしたのでしょうね」

「なに、とつぜん？」

親しくしていたとは稚彦王本人の口からも聞いていたが、あらためて言うからにはなにか理由があるのかと思った。

「だって四十年も前に身罷《みまか》られた方の顔なんて、普通は覚えていないものじゃないんですか」

そう言って卓子は二つ目の干し柿にかぶりついた。

確かに。四十年という時は二十一歳の荇子には人生のほぼ倍だし、十四歳の卓子にいたっては途方もない年月であろう。当時の稚彦王はいまの荇子ぐらいの年だと思うが、果たしていかがなものかと荇子はあらためて考える。

廃后《はいごう》となった先の中宮《ちゅうぐう》と、彼女を連れて陸奥国《むつのくに》に下った先の中宮大夫《ちゅうぐうだいぶ》・源有任《みなもとのありたか》。特に先の中宮とは二度と会うことはないだろう。強烈な印象を残して去った彼らの顔を、四十年後の六十一歳のときにはっきりと思い出せるものかどうか……経験のない年月に可否の想像すらつかない。

稚彦王は、それをはっきりと覚えているのだ。

「そうね。よほど親しくしていらしたのかもしれないわ」

「それって、刎頸《ふんけい》の交わりってことですかね」

やけに力強く卓子は言う。刎頸の交わりとは、頸を斬られても悔《く》いないほどの固い友情という意味だが、どこかで覚えてきた故事をここぞとばかりに使った感が否《いな》めない。

「ずいぶん過激ね。でも神祇伯には、断琴《だんきん》の交わりのほうがお似合いな気はするわ」

「なんですか、それは？」

「同じ深い友情を表した言葉だけど、こちらは武将ではなく琴《こと》の名手の故事だから。春《しゅん》秋《じゅう》時代の伯牙《はくが》はたいへんな琴の名手だったけれど、自分の演奏を理解してくれる友人が亡くなったあと、琴の弦を切ってしまって二度と鳴らすことはなかったというお話よ」

ちなみに刎頸の交わりは、戦国時代の名将同士の友情である。どちらのほうが厚いとか深いの問題ではないが、稚彦王の人となりを考えれば、断琴のほうがしっくりくる。

「うわあ〜、尊《とうと》いお話ですね」

干し柿の白い粉がついた指を組み、卓子はうっとりとしてみせた。

確かに美しい話だが、稚彦王と朱砂院の関係がそのようであったのかは、いまのところただの妄想である。

それよりもこのときの荇子の脳裡《のうり》には、帝のことが思い浮かんでいた。この場合は友情ではなく恋愛だが、最愛の妻に先立たれてから、帝は他の女人を一切顧《かえり》みなくなった。

その姿が春秋の伯牙と重なる。自分の琴を理解してくれる者は、先立った友以外にはいない。ならばこの世で琴を鳴らす価値はもはやないとして、彼は断琴をした。

帝が伯牙のように、自ら固い決意を持って断琴をしたのか、あるいは自分でも感情をどうにもできずにいるのかは分からない。

「親しい人に先立たれるのは、やはり辛《つら》いわよね」

溜息をつきつつ零《こぼ》した荇子に、卓子は円い大きな目をぱちくりさせた。そうしてひどく意外そうに言った。

「もちろんそうですけれど、それほどの人と出会えたことはとても幸せだと私は思いますけど」

小春日和《こはるびより》のその日。紫宸殿にて、出雲国造《くにのみやつこ》による神賀詞が無事奏上された。

まずは天皇の世を祝い祀《まつ》るための、出雲国内の神々の賀詞が述べられる。ついで国譲りの神話を倣《なら》った賀詞が語られ、最終的に神宝が献上された。

本来であれば、儀式はここで終了となる。しかし今回は神楽《かぐら》の献上がある。そのためにしばしの中休みを挟むことになり、その間に舞台の設営を行った。もちろん舞手である女祝も準備が必要だった。

この段階では荇子も帝も清涼殿内に留まっていたので、儀式の次第は知らない。紫宸殿に出向いた女房は、役割を請け負った者達だけだ。とはいえ自分達にも見学が許されたことで、妃《きさき》付きの者達も含めて内裏《だいり》の女房達は大いにその話題で盛り上がっていた。

「里神楽《さとかぐら》なんて、御所に上がってから初めて見るわ」

「御神楽《みかぐら》も素敵だけど、たまにはこういうのも新鮮よね」

「相当の名手だというから、楽しみだわ」

御神楽とは御所で行われる神楽のこと。里神楽は諸社や民間で行われる神楽である。

そこかしこで交わされる女房達のやりとりを小耳に挟みながら鬼間《おにのま》に入った苻子は、一足先に入っていた如子に不安げに話しかける。

「あんなに期待値を上げてしまって大丈夫でしょうか？」

「別にかまわないでしょう。期待外れだったとしても、勝手に盛り上がったのは自分達なのだから」

いかにも如子らしい、身も蓋《ふた》もない言いようだ。唐花が浮く白綾の唐衣《からぎぬ》に淡紅の表着《うわぎ》という清艶《せいえん》な衣が、壺庭《つぼにわ》に咲く山茶花《さざんか》を思わせる。

それはそうですが、と苻子は苦笑した。

「あまり前評判が上がると、女祝のほうに重圧がかからないかと心配で」

いかに名手といえ、十七歳の鄙《ひな》の娘だ。それを御所の正殿、しかも上《うえ》つ方《かた》々が見守る中で舞うとしたら緊張しても不思議ではない。しかもお忍びで帝までもが観覧するというのだから。

「緊張のあまりもしも無様な舞になってしまったら、下賜《かし》のさいに体裁《ていさい》がつかないじゃないですか」

頸珠《くびたま》の件は、知る人ぞ知るである。隠す必要もなかったが、全員が共有しなければならぬ内容でもない。神楽舞の見学が許されたという報告ついでに内侍司《ないしのつかさ》の者に話すと、内裏女房の一部に広がった。妃の女房など知らぬ者のほうが多いかもしれない。いまどき使えもしない古臭《ふるくさ》い意匠《いしょう》の装身具よりも、貴種の流れを汲《く》む美少女の舞に興味があるのはとうぜんのことだった。

荇子の指摘に、如子は合点《がてん》のいった顔をする。

「確かにあまり稚拙《ちせつ》な舞を披露されては、下賜するとは言いにくいわね」

「女祝本人も疑問に思うでしょう」

「え、彼女は自分に頸珠が下賜《かし》されることは知らないの？」

如子の問いに、荇子も首を傾げる。指摘されるまで考えたこともなかった。国造を介してすでに耳に入っているのかもしれない。であれば、たとえ稚拙な舞となっても疑問は抱かぬはずだ。もちろん決まりは悪かろうが。

実際のところ、下賜にかんして女祝が聞かされているのかどうかは知らない。

頸珠の存在に気づいたのは神祇官《じんぎかん》で、出雲側は指摘されるまで与《あずか》り知らぬことだったという。出雲側の顔をつぶさぬために下賜という形を取るのだから、とうぜん国造には話しを通しているはずだ。

稚彦王が推測したように、頸珠が出雲側の手違いで紛《まぎ》れ込んだものであれば、それは彼らの落ち度である。国造は存ぜぬの一点張りだというが、自分の落ち度やもしれぬ事態を、件《くだん》の女祝も含めた下位の神職達にわざわざ伝えるものだろうか。

「どうなのでしょうね。女祝《とうにん》はあんがい聞かされていないのかもしれません」

そのとき御簾《みす》の間から、若い命婦《みょうぶ》が顔をだした。

「内府典侍《ないふのすけ》、主上のお召替えが終わりました」

「ああ、いま行くわ」

如子が立ち上がり、苻子もそれにつづく。簀子《すのこ》から御手水間《おちょうずのま》に入ると、直衣《のうし》に指貫《さしぬき》というしごく珍しい装いの帝がいた。お忍びとして臣下に紛れるため、彼らと同じ指貫姿となったのである。とはいえやはりそこは帝なので、指貫の柄には窠《か》に霰《あられ》という、束帯《そくたい》の袴などに用いられる格の高いものとなっている。

如子はいったん膝をつき、その場で帝を見上げた。

「御仕度はお済みのようでございますね。それでは参りましょうか」

苻子と命婦が、左右それぞれに御簾をあげる。如子の露払いで帝が簀子に出る。苻子は静かに御簾を下ろして、そのあとに続いた。

いったん西簀子に出てから、母屋《もや》を突き抜けて東簀子から長橋を渡る。紫宸殿の北側につづく通路である。御格子《みこうし》は上半分が上がっており、御簾を通して午後の緩やかな日差しが床の木目全体に広がっていた。

紫宸殿の南廂《みなみびさし》の中央にある『額の間』に設えられた御座所《ござしょ》に帝が腰を下ろす。その正面の格子は外されて御簾が下ろされている。お忍びといってももちろん臣下達には帝の出御《しゅつぎょ》は知らされている。でなければ簀子に座る公卿《くぎょう》達は今頃大慌てだ。

如子が帝の間近に控え、荇子は御簾間際に座る。身分故のものだが、舞台がよく見えるのでこの場合は役得だった。しかし鈴なりに簀子に押し寄せた他の女房達は、御簾を隔てずに神楽を鑑賞できるのだから、その点では損をしている気もする。殿上人《てんじょうびと》やそれ以下の臣下達は、軒廊《こんろう》の下に席を得ている。公卿達もそうだが、彼らは神賀詞《かんよごと》という儀式に参加をしたあとなので束帯である。

御簾むこうに広がる南庭《だんてい》には、すっかり葉を落として蜘蛛《くも》の糸のように細い枝のみとなった左近《さこん》の桜と、常盤の緑の葉を生い茂らせている右近《うこん》の橘《たちばな》がある。その二つの樹木に挟まれた先に、朱塗りの枠に囲まれた神楽舞台が設置されていた。高欄《こうらん》の先端についた金色の擬宝珠《ぎぼし》が、天頂より少し西に傾いた陽の光を鈍く弾いた。

宮中の御神楽は夕刻から深夜にかけて行うものだが、里神楽の本来は分からない。どちらにしろ今回は、神への奉納より叙爵《じょしゃく》への深謝の意味が濃いから、そこまでこだわっていないのかもしれない。

左近の桜の付近に、大歌所《おおうたどころ》の伶人《れいじん》（楽師《がくし》）達がそれぞれに楽器を持って控えている。囃《はや》子《し》にかんしては、出雲側から事前に相談を受けているとのことだった。

右近の橘の付近には、浄衣《じょうえ》を着けた者が数名座っている。出雲側の神職であろう。その中で一人だけ緋色《ひいろ》の袍《ほう》をつけている者が、まちがいなく出雲国造である。彼は去年の任命式のさいに叙爵を受けたと聞いている。

御簾に顔をつけるようにして南庭を眺めていると、神楽笛と篳篥《ひちりき》の音が響きだした。やがて橘の陰から大股《おおまた》で歩み出てきた若い娘の姿に、人々はざわついた。荇子も度肝《どぎも》を抜かれた。なぜなら彼女のまとう衣装が、あまりにも予想外のものだったからだ。

それはまさしく、神話に登場する女神そのものだった。

青々とした日蔭の鬘《かずら》（この場合の鬘は頭に巻き付けた飾りのこと）。手には豊かに葉を茂らせた榊《さかき》の枝。大袖《おおそで》の上衣と裳は白。裳は唐衣《からぎぬ》の下につける部分的なものではなく、下半身全体を覆《おお》った古い形の、いわゆる褶《ひらみ》に近い仕立てである。

その裳には青摺《あおず》りで柄が置かれているようだが、ここからではよく分からない。折れそうに細い腰を際立たせる帯は、埴色《はにいろ》と素色《しろいろ》の色合わせで素朴《そぼく》な文様を織り上げている。襷《たすき》は鬘と同じ日蔭。それと重なるように大ぶりな白の領巾《ひれ》をかけているのだった。

戸惑いの空気が流れる中、女祝は臆することなく舞台に上がる。その歩みも囃子にあわせつつ、まるで滑るような足取りだった。

女祝が舞台の中央に立つと、それまでいでたちの奇抜さに驚いていた者達も、あらためて彼女の美貌《びぼう》に目を奪われる。

遠目にも、彫りの深いくっきりとした目鼻立ちが分かる。すらりとした身体《からだ》の上で、淡い色の垂髪《すいはつ》が波打っている。日の光を受けて、髪のみならず彼女自身が黄金色に輝いて見えた。

笛と笏拍子《しゃくびょうし》にあわせて、さらさらと榊を揺らす。かすかに声が聞こえた。女とは思えぬ低い声で彼女が歌っているのだった。

「吾《われ》、根《ね》の堅州《かたす》の国より歌ひ舞ふ」

根の堅州の国とは出雲神話で語られる国である。単純に黄泉《よみ》の国と同等に解釈されることもあるが、地域や人によって死者が住まう黄泉とは区別され、死者と生きる者が行きかいする場所とも言われている。

女祝が身体を回しだす。とんとんと足を鳴らしながら、くるりくるりと回転する。領巾と裳が風をはらみ、雲のようにふわりと広がる。その速度は次第に増してゆき、およそ神楽とは思えぬ激しい動きで舞う。舞手の体力が尽きるのではと懸念《けねん》するほどだが、その動きが止まることはない。

右手を大きく振って、榊で風を起こす。

「戻りたまへ、瑞穂《みずほ》の国へ」

そう言って彼女は腕を伸ばし、榊をぐっと突き出した。

瑞穂の国とは日本のことである。

死者と生ける者が行きかう根の堅州の国より、生きる者のみが住む瑞穂の国を指し示してそこに戻れと言う。死者は瑞穂の国に戻ることはできないから、ならばこれは生ける者にむけての歌ということになる。

神楽《かぐら》とは、本来は神に捧げるものである。

しかしこの神楽は、むしろ人にむかって歌われている。神は人に恵みを施すが、捧げはしない。ならばこの歌舞は、神よりの下賜《かし》を表したものなのだろうか。

「いずれ参るは黄泉の国」

女祝は歌う。どきりとするような言葉だが、真理である。

根の堅州の国と黄泉の国は、この神楽の世界ではどうやら異なる存在のようだ。

黄泉の国に住まう伊弉冉命《いざなみのみこと》から逃げた伊弉諾命《いざなぎのみこと》が、境界である黄泉比良坂《よもつひらさか》の入り口を千引岩《ちびきのいわ》で塞いだことで、人は黄泉の国から戻ることがかなわなくなった。その点で死者と生きる者が行きかう根の堅州の国とは理を違えている。

黄泉の国が意味するものは死であり、永劫《えいごう》の別れである。それは人として生まれた以上は避けることが叶わぬ、いずれ誰しもが参る場所だった。

「黄泉は逃るるに能《あた》わず」

たんと音をたてて、地面を踏みしめる。

「されど恐るに敵《かな》わず」

そこでようやく一息入り、やがて女祝は腕を大きく広げた。そうしてこの世にあるすべてをかき抱くようなしぐさをした。

「生きとし生ける者。千載《せんざい》に伝えたまへ、この国を」

囃子に取り込まれるように、自然と舞が静まる。

雪が溶けるように自然にすべての音が止み、舞台上には西日を一身に受けて黄金色に輝く女祝の姿があった。

生きとし生ける者として、死は逃れられぬものである。けれど恐れることはない。なぜならそれは誰しもが迎える宿命であり、すべての先人は現世を生ききり、そして死を迎えることで生命の定めを乗り越えてきたのだ。そのことを死者が、根の堅州の国から伝えてくれている。

ぐすっと鼻をすする音が聞こえた。見ると簀子《すのこ》にいた女房が目元を押さえている。

大人であれば、たいてい親しい者の一人は亡くした経験を持つ。その喪失感《そうしつ》を知る者であれば、彼女のこの歌舞は間違いなく胸に刺さっただろう。誰一人とて口をきこうとはしていなかったから、かえって人々の圧倒された空気が伝わってくる。

やがて女祝は、その場で深々と一礼をした。

神楽の間中、彼女を支配していた現《うつつ》ならざるものが、あたかも煙のように抜けてゆくのを感じた。

いや、抜けたのではなく、むしろ内に帰したと称したほうが良い気もした。

なぜなら舞を終えても女祝はなお凜《りん》としており、神々《こうごう》しさを保っていたからだ。

ならばこの舞は、神がかりでも憑依《ひょうい》でもない。彼女の内側にある情熱が、縦横無尽に暴れまくった結果、人の心を打ったと考えるべきであろう。

（いや、見惚《みほ》れている場合じゃないって）

苻子はいち早く立ち直った。このままでは女祝が退場してしまう。あとから渡すという手もあるが、せっかく彼女がこれだけ素晴らしい神楽を披露したのだ。頸珠《くびたま》を下賜をするのなら、この間合いで告げないと説得力が半減してしまう。

見ると帝は、なにか思うような表情を浮かべていた。

その様子に苻子は胸をつかれる。死によって愛する者と分かたれる悲しみは、誰よりも帝が痛感しているはずだった。いま彼の胸中を占《し》めるであろう追慕《ついぼ》の念は、想像するにあまりある。

だが、やはり帝は冷静だった。顔を向け、間近にいる如子になにか言う。如子はうなずいて返したあと、荇子に目配せをする。荇子は自身の役割を果たすべく、御簾《みす》の前で声を張った。

「従五位下・出雲祝芹那《いずものはふりせりな》」

芹那は女祝の呼び名である。素戔嗚尊の娘で大国主命の妻、須勢理毘売《すせりびめ》に由来するのかは不明だが、いずれにしろ祖父の諡号《しごう》と同じで出来すぎだろう。

とつぜんの名指しに、もはや階《きざはし》を降りかけていた芹那は驚いて足を止める。この様子だと、下賜の件は耳に入っていなかった可能性が高そうだ。

「かくも見事な舞の奉納、ごくろうであった。主上よりの被《かず》け物を賜られませ」

橘の前にいる出雲の者達が、国造《くにのみやつこ》をのぞいて全員どよめいた。国造からすれば最初から決まっていたことであるが、他の者達は予想だにしていなかったのだろう。しかし同じく存ぜぬはずの朝臣《ちょうしん》達は納得顔である。さもありなん。それだけ芹那の神楽が素晴らしかった。

荇子はあらかじめ準備していた平櫃《ひらひつ》を引き寄せた。

禄《ろく》として渡す袿《うちき》二領の上に、頸珠が置いてある。青磁《せいじ》と翡翠《ひすい》を練り合わせたような色の勾玉《まがたま》と、夕焼けを映しこんだような茜色《あかねいろ》の菅玉《くだたま》を組み合わせて作った頸珠は、するりと頭をくぐるほどの長さである。下賜の話が出たあと、すぐに稚彦王が持ってきた。話を聞いたときはそんな古い意匠《いしょう》などと思いはしたが、頸珠そのものは非常に美しかった。

（それに、いまの彼女の装いには似合いそう）

先に渡して、これをつけて舞ってもらえばよかったかもしれない。そんなことを考えているところに如子が言った。

「祝殿《はふりどの》には、こちらに上がってきてもらってちょうだい」

とつぜんの指示に驚く荇子に、補足をするように如子はつづけた。

「亡き朱砂院のお孫様という縁があるのだから、もう少し間近に姿をご覧になりたいと主上は仰《おお》せよ」

なるほど。端近《はしぢか》にいる荇子でさえ、御簾のせいでその姿は明瞭には見えない。まして奥の御座所《ござしょ》に座っていてはなおさらだろう。心を打つ芸を披露した舞手の姿をよく見たいと望むことはとうぜんの要求である。

荇子は立ち上がると東の簀子に出た。そこは軒廊《こんろう》に通じている。階の上から桃布衫《ももふさん》を着けた警固の陣官に、女祝《おんなはふり》をここまで連れてくるように命じる。彼はすぐに南庭にむかってゆき、ほどなくして芹那を連れて戻ってきた。

階越しにあらためて見た、彼女の個性的な美貌《びぼう》に荇子はしばし目を奪われる。美しさは負けず劣らずだが、如子とは種類がちがう。

彫りの深い端整な顔立ち。人より淡い色の髪と眸《ひとみ》と白い衣が、庭側から差し掛かる日の光に染め上げられる。黄金の彫像のような、鮮烈な美しさを持つ乙女《おとめ》である。太陽神でもある皇祖神を連想したが、彼女に国を明け渡した出雲の国に生まれた相手の喩《たと》えにはさすがにそぐわない。

「こちらへお上がりください」

荇子は階を手で示した。四つも年下なうえに官を持たぬ相手だが、叙爵《じょしゃく》を受けた帝の孫ともなれば自然と応対は丁寧《ていねい》になる。

芹那はひとつうなずき、階から廂《ひさし》に上がった。間近に立って初めて気づいたが、舞装《しょう》束《ぞく》の上に襅《ちはや》を羽織《はお》っている。梅と柳の青摺文が施されたものだった。いかに小春日和《こはるびより》とはいえ、霜月《しもつき》という季節を考えれば大袖《おおそで》だけでは寒かろう。遠目には分からなかったが裳にも同じ文様が摺り置かれている。

荇子は芹那を先導した。とはいってもほぼ横並びに近い。御所はなにもかもはじめてである彼女がうろたえてしまうかもと心配したからだ。

右折して南簀子に出る。そこに席を得ていた公卿《くぎょう》達がそそくさと道を開けるが、彼らの眼差《まなざ》しは一心に芹那に注がれていた。衆目《しゅうもく》を集めずにはおかぬ眩《まばゆ》いほどの美貌が、東の伊《い》勢《せ》の地に鎮座する太陽神と表しがたいのであれば、いっそ西に消える、燃えるような入り日の化身とすればよいのではないかと感じた。

ふと芹那が足を止めた。肩越しのその気配に気がついた苻子はちらりと振り返る。そのまま彼女の視線を追って先を見ると、そこに稚彦王がいた。

神祇伯《じんぎはく》という立場上、稚彦王はあれこれ芹那を世話をしていたようだし、芹那からしても稚彦王は祖父の知己である。あんのじょう芹那はそっと会釈《えしやく》をした。なにもかも分からぬ場所での親切な知り合いは、とても心強い存在であろう。

いっぽう芹那を見る稚彦王は、なんとも言えない不思議な表情をしていた。

彼は間違いなく彼女を見ている。二人の距離はさほどのものでもない。けれど稚彦王の眼差しは遠く見るかのようで、遥《はる》かかなたの存在にむけられたもののようにも感じた。

芹那を見ながら、見ていない。まるで彼女の身体《からだ》の奥にあるものを透かし見ているかのようだ。その表情に異性に対する情がまったく感じられないだけに、逆に不自然に思えてしまうのだった。

苻子の指示で、芹那は御前に座った。そうして深々と頭を下げる。

「江内侍《ごうのないし》、こちらを」

端近まで出てきていた如子が、御簾のむこうから平欙を押しやる。荇子はそれを受け取り芹那の前に置いた。物を置く音で、芹那は床にむけていた視線を少し上げる。その表情が分かりやすく強張《こわば》った。

「……これは」

芹那のうめき声に、荇子は不審を覚える。どう見ても感激した顔ではない。さりとて頸珠の意匠の古臭《ふるくさ》さに失望したという顔でもなかった。そもそもたとえ頸珠が意に添わずとも、袿が二領もあるのだから不満は抱かぬだろう。

次の瞬間、はっとする。

不満ではないのなら、他に考えうることといえば――。

「いかがなされたの？」

声を低くして荇子は尋ねた。薄々分かっていながら、こんなことを訊くのだから自分も相当に意地が悪い。

「あ、あの……」

おびえた芹那の声に、女神のようなこの美少女も、やはり普通の人間だったかと妙なことを思う。がさりと衣擦《きぬず》れの音がした。様子を見ようとしたのだろう。稚彦王が怪訝《けげん》な顔で腰を浮かしている。もしも荇子の推測通りであれば、彼と出雲国造の二人も振り回されたものである。

膝の上に置いた芹那の手が小刻みに震えていた。櫃に手を伸ばす気配はない。余裕がないというべきかもしれない。さりとてこのままでは周りが不振を抱いてしまう。

「話はあとから聞くわ。ひとまずお受け取りなさい」

苻子のささやきに、芹那はぎょっとした顔をむける。苻子は顎《あご》を揺らすようにして頸珠《くびたま》に視線をおくる。

「これはあなたのものなのでしょう?」


苻子が征礼と連れ立って神祇官を訪ねたのは、日もとっぷりと暮れた頃であった。

神祇官は大内裏《だいだいり》の南東に位置し、郁芳門《いくほうもん》の間近にある。松明《たいまつ》が必要な頃に、儀式以外で内裏を出たのははじめてかもしれない。

神楽《かぐら》が終わったあと、どうやって話をつけたものか考えあぐねているところに、稚彦王から文が届いた。頸珠の件にかんして相談がしたいので、そちらを訪ねたいという内容だった。そのさいに芹那を伴いたいとも記してあった。

この件に稚彦王が介入してきた理由は書いていなかったが、按《あん》ずるに苻子と芹那の様子を見ておかしいと思ったのか、それとも芹那が相談をしたのかどちらかだろう。

荇子は自分がそちらに出向く旨《むね》を伝えた。夜遅くに女人《にょにん》に足を運んでもらうのはとためらう遣いの者に、付き添ってもらうから大丈夫だと言った。ゆえに征礼を伴っている。

一片の雲もない夜空には、上弦の月が上がっていた。冴え冴えとした光が、あちこちに林立した官衙《かんが》の建物を照らし出している。月光と征礼が持つ松明との明かりで、外歩きに不自由はなかったが、昼の小春日和の反動なのか肌を切るような冷気であった。

「夜は冷えるな」

白い息を吐きながら征礼が漏《も》らした。

「霜月だもの」

「だいたい、なぜお前が出てきたんだ。神祇伯は内裏に足を運んでくださると仰せだったのだろう?」

「伯はいいけど、あの娘が一緒だと人目につきすぎるわ」

あの娘とは芹那のことだ。もちろん常事であれば人目につこうとかまわないが、今回は絶対に面倒事である。できるだけ人目につきたくはない。

そんな荇子のたくらみを知ってか知らずか、征礼は不審気に言う。

「それにしても、なぜ出雲祝《はふり》は頸珠を忍ばせたりしたんだろう?」

それをいまから確認に行くのだと気軽に返せないほど、苻子は緊張していた。

ちらりと脳裡《のうり》をよぎった万が一の可能性が当たっていたら、とても独りでは背負いきれない。だから征礼を伴ったのだ。もしもの場合、彼にも秘密を共有してもらう。

そうなったところで、征礼への罪悪感はない。すでにお互い様だ。内侍司《ないしのつかさ》の者達とは別の方向で、しかしもっと深刻に苻子と征礼は一蓮托生《いちれんたくしょう》なのである。

各所ごとにぐるりと塀《へい》に囲まれた官衙をいくつか通り過ぎた先に、神祇官の建物が見えてきた。半開きになった棟門から中に入ると、すぐ先に瓦屋根《かわらやね》の建物が建っている。連子《れんじ》窓《まど》から漏れた光が在室を示している。唐戸《からど》を開けると、すぐ先は土間でその奥は少し高くなって板敷きの間となっていた。

ゆらゆらと灯火の揺らめく大殿油《おおとのあぶら》を挟んで、板の間に稚彦王と芹那が座っていた。

芹那は不機嫌な表情でむっつりとしている。あたり前だが昼間の神楽装束ではなく、苻子と同じに小袖《こそで》に、袿《うちき》の裾《すそ》を腰紐に挟んでいる。壺装束《つぼしょうぞく》に比べて簡易な外出姿だ。第一印象は炎のような茜色《あかねいろ》の衣かと思ったが、よく見るともっと淡い朽葉色《くちばいろ》で、灯火を受けてそのように映るだけだった。

同じように彼女の色素の薄い髪も燃えているように見える。わが子である火の神・加具土命《かぐっち》にその身を焼かれた伊弉冉《いざなみ》の女神を思いだしたのは、彼女が葬《ほうむ》られた先が出雲と伯耆《ほうき》（現在の鳥取県）の堺にある比婆山《ひばやま》であったとされているからか。

「お待たせいたしました」

呼ばれたのは荇子だが、征礼が詫《わ》びの言葉を言った。彼を伴ったことに、稚彦王は驚いていなかった。帝の左右の手としての荇子と征礼の関係は、思った以上に広く認知されているのかもしれない。

「こんな時間に申し訳がない」

稚彦王が返した。

「下賜《かし》のさい様子がどうにもおかしかったので、彼女に事情を尋ねてみたのです」

自分が介入した理由を、稚彦王はそう説明した。大方予想通りだったようだ。

いったん話を中断して、征礼とともに緒太《おぶと》を脱いで板の間に上がった。その荇子が腰を下ろすやいなや、ぴりぴりした口調で芹那は言った。

「こちらはお戻しいたします」

布に包まれた頸珠を突き出した芹那の強気なふるまいに、荇子は戸惑う。紫宸殿で言葉を交わしたとき、彼女はあきらかに動揺《どうよう》していた。自分が忍ばせた頸珠がこんな形で戻されたのだから、そりゃあおびえるだろう。そのときの印象からすると、ずいぶんと気丈である。状況を考えればあのときは慌てていただけで、あんがいこちらが芹那の本質なのかもしれない。

とはいえ苻子とて八年目の内侍《ないし》だ。四つも年下の相手に下手に出るほど神妙ではない。

「戻すもなにも、それはあなたのものではありませんか」

苻子の反撃に芹那は柳眉《りゅうび》を吊りあげた。反射的に苻子も表情を険しくする。女同士の間の空気がぴりつき、征礼があわてて苻子の袖を引く。

不服ではあったが、ここで感情的になっては意味がない。苻子が押し黙ると、芹那も気まずげながらも口をつぐむ。かなり気が強そうだが、話は通じる相手らしい。

女二人が落ちついたのを見計らい、稚彦王が芹那を促す。

「話すがよい。そなたがなにゆえ、あの頸珠を献上品に忍ばせたのかを」

献上品に双方に覚えのない頸珠が紛《まぎ》れていたことは、別に隠し事ではなかったから征礼はもちろん知っていた。しかし少し前に苻子が説明するまでは、皆と同じで出雲側の手違いで紛れ込んだのだろうという認識しか持っていなかった。

しかし手違いではなく、頸珠は故意に入れられていたのである。そしてこの場に出雲国 造《くにのみやつこ》がおらぬことを考えても、芹那一人の意図による行動だったことは明確だった。

観念したように芹那は口を開いた。

「あの頸珠は、お祖父《じい》さまのものなのです」

祖父は二人いるが、敬称をつけたのだから間違いなく朱砂院のことだろう。そうでもなければ他人にむかって身内に敬称は使わない。

「出雲を発《た》たれるさいに、置いていかれたとのことでございます。されど祖母には譲《ゆず》られた記憶はなく、どうやら忘れていかれたようだと申していたそうです。祖母から父、そして吾《われ》が保管しておりましたが、いかに祖父にあたる方とはいえ、先の帝にあらせられた尊《とうと》き身分にある御方の品を留めおくことは心苦しく、なんとかして御所にお戻ししたいと願っていたのでございます」

「いや……」

長々とした芹那の説明に、征礼が遠慮《えんりょ》がちに切り出す。

「ならば素直に、そう申されれば良かったのではないか？」

もっともな言い分である。

「朱砂院の形見の品など、御所ではきっと敬遠されると考えていたそうだ」

ぽつりとつぶやいた稚彦王に、荇子と征礼は同時に視線をむける。

朱砂院の退位について、公的には「思《おぼ》し召しありて」としか書かれていない。しかし十六歳で即位をして十九歳で退位をした帝が、まともな身の引き方であるはずがない。不穏な事態が起きたであろうことは、御所に慣れた者であれば容易に想像がつく。

さりとてあまりに昔のことゆえ、正確に証言をできる者はいなかった。その当時の個人の日記でも見れば記されているかもしれないが、そこまでして知ろうとは誰も考えていなかった。

苻子と征礼には人伝《ひとづて》にしか聞く術《すべ》がない話を、しかし朱砂院とともに若き日々を過ごした稚彦王は目《ま》の当たりにしているはずだった。

「朱砂院は、なぜそのようにお若くして退位なされたのですか？」

苻子の問いに、稚彦王は顔をしかめた。古い傷が疼《うず》いたような表情だった。

稚彦王はしばし口をつぐんでいた。胸の下で両手を組み、右の人差し指の曲げ伸ばしをしきりに繰り返していたが、やがてその動きがぴたりと止まる。

「在位中、御所内で刃傷沙汰《にんじようざた》を起こして公卿《くぎよう》二人に重傷を負わせたゆえ、半ば強制的に退位していただいたのだ」

予想外の内容に、苻子も征礼も絶句する。

帝が刃傷沙汰を起こしたなど、聞いたことがない。臣下同士の喧嘩《けんか》はたまにあるが、その彼らでさえ抜刀《ばつとう》となると言語道断。まして相手に重傷を負わせるなどと考えられない乱行だ。

戸惑いつつ征礼が尋ねる。

「……なにゆえ、そのようなお振る舞いを？」

「あの当時の院、いや朱砂帝は、あきらかに精神の均衡を崩しておられた」

稚彦王の言いようは、あたかもおのれの恥部をさらすかのように苦しげだった。

あらためて彼は、当時の状況を語りはじめた。

親王の頃より美貌《びぼう》と才気で評判だった朱砂院だったが、その鋭敏さゆえに周りと衝突することがしばしばあったという。されど明晰《めいせき》さと才能は申し分なかったから、同世代の幼馴《おさなな》染《じみ》として稚彦王はその気質を好ましくさえ思っていた。

「私はもともと鈍感な人間で、あれこれ不満を抱く性質《たち》ではない。だからこそあの方の破天荒な考えに触れるたび、毎回目が覚めるような気持ちで意気軒昂《いきけんこう》としていた」

だからといって己が過激に走ることはなかったが、朱砂帝には新進気鋭の帝として新しい時代を築いてくれると期待もしたし、年を重ねてゆけばたいていの人がそうであるように、次第に周りと折り合うことも覚えてゆくだろうと考えていた。

「――けれど、あの方はそれができなかった」

稚彦王は屋根裏の垂木《たるき》を仰《あお》いだ。何十年も前のできごとなのに、つい最近生じた懸念《けねん》のように途方に暮れた面持《おもも》ちをしている。小さな蛇《くちなわ》のように揺らめく灯火が、彼の右半身に不自然な陰影を刻みつけていた。

「確かにあの方が仰《おお》せになられることは鋭利であり、すべて正しかった。けれど正しいからといって、それが人心を集めるとはかぎらない。しかしその正しさを貫こうとして、他人を糾弾《きゅうだん》、非難、対立を繰り返したあげくに、あの方は孤立してしまわれた」

稚彦王が語った朱砂院の人となりが、荇子には見える気がした。程度の差はあれ、そういう人はたまにいる。許容範囲であれば高潔と称することもできるが、度が過ぎるとそれは頑迷である。八年の宮仕えの間、そのような人物を二、三人は見てきた。正しさに固執するあまり融通《ゆうずう》、ときには情すら忘れてしまった彼らを人々は敬遠した。

思い当たる節があるのだろう。征礼は得心したという顔で言った。

「それが積み重なったあげく、お心を乱されてしまわれたのですね」

稚彦王はうなずく。

「奏聞《そうもん》にあがっただけの公卿二人に、とつぜん斬りかかったのだ」

不幸中の幸いというのか一命は取り止め、後遺症が残る怪我《けが》にもならなかった。けれど斬りかかられた者達の衝撃は容易に消えるものではない。なにより徹底して清浄を保つべき御所を、帝自らが血で穢《けが》すなど前代未聞である。

それは退位を強《し》いられても仕方がない乱行だった。

「それで、そのあとは？」

「退位をなされたあともしばらく危うい状態がつづいていたが、静養によって次第に落ち着きを取り戻されていった。多少の感情の揺れは残しておられたが、少なくとも誰かに危害を加えるようなおふるまいはなさらなくなった」

荇子は胸を撫《な》でおろした。何十年も前の話なのに、滑稽《こっけい》だと自分でも思ったが。

「その頃からあちこちと巡歴《じゅんれき》をはじめられて、三月と都には滞在されていなかった。在位中よりかえって自由を謳歌《おうか》されているようでさえあり、私も安心したものだった。さすがに出雲に行くと言われたときは仰天《ぎょうてん》したが、いまにして思えばご本人の中ではまだ序の口だったのだろう。いま少し長生きをなされていたのなら、能除太子《のうじょたいし》（蜂子《はちこ》皇子・崇峻《すしゅん》天皇の子）のように出羽国《でわのくに》か、はては真如入道《しんにょにゅうどう》（高岳《たかおか》親王・平城《へいぜい》天皇の子）ように天竺《てんじく》を目指されたかもしれぬ」

例としてあがった皇子が、二人とも政争に巻きこまれて朝政から追放されたというのが何とも皮肉であるが、そんなことでもなければたいていの皇親は都を離れない。

「ともかくあのお方は、巡歴を楽しんでおられたようだった。単に都に居場所がなかっただけかもしれぬが」

郷愁《きょうしゅう》と皮肉を交えた稚彦王のつぶやきに、荇子はふと思った。

だとしたら朱砂院は、自分の品を都に戻してほしいと思わぬのではないか。いや、それよりも——出雲に残したこと自体が故意だったのではないか？

「芹那」

稚彦王は、祝《はふり》という職名ではなく彼女の名を呼んだ。神祇官《じんぎかん》という神職とは縁の深い官職に加え、旧友の孫ということでより親しみが増すのかもしれない。

顔をむけた芹那に、稚彦王は静かに告げた。

「朱砂院は、その頸珠《くびたま》を都に戻したいとは思っておらぬよ」

この人は私の心を読んだのかと、ありもしないことを荇子は思った。

芹那はまじまじと稚彦王を見つめる。その表情にはわずかな驚愕《きょうがく》の色がさす。祖父と孫ほどに離れた二人が対等に見つめあう。身分差にも年齢差にも動じない芹那の姿は、鄙《ひな》の地からやって来た十七歳の娘には見えない貫禄《かんろく》があった。

朱砂院の面影《おもかげ》をよく映していると稚彦王は語っていたが、それは美貌だけではなく内に存在する激しさをも含めて言ったのかもしれない。迂闊《うかつ》に触れると火傷《やけど》をしそうな剣呑《けんのん》な気高さは、帝の地位にあった方ならなおさらであっただろう。

二人はいかほど見つめあっていただろう。

やがて芹那は、しっかりした口調で述べた。

「されど吾等には、手に余るのでございます」

ずいぶんと大袈裟《おおげさ》な表現である。いかに帝に縁《ゆかり》の品とはいえ、古い意匠《いしょう》の頸珠ひとつになにをそこまで畏《かしこ》まる必要があるのだ。あるいは朱砂院になんらかの嫌悪があって、所有を拒絶しているというほうが納得できる。

「失礼だが、手に余るほどの品とは思えぬが……」

遠慮がちに征礼が口を挟むと、すぐさま芹那は切り返した。

「なればそちらでお引き受けとりください」

「はあ……」

思いがけず厳しい反応に征礼は戸惑い、それから助け舟を求めるように荇子を見た。

朱砂院が望んでいないという稚彦王の言葉を汲《く》むのなら、頸珠は芹那が所有するのが望ましい。しかしどうあっても嫌だというのなら、禁忌《きんき》でもあるまいし別に御所で引き受けてもよいのではないか。

征礼の判断としては、こんなところだろう。

芹那が受け取りを拒否する理由が、彼女が祖父である朱砂院になんらかの遺恨を持つゆえなどの理由であればそれでもよかろう。いかに尊貴であろうと、身罷《みまか》った朱砂院の意志よりは生きている芹那の意向を尊重したい。

けれどそのためには、ひとつ確認しておかねばならぬことがある。

あくまでも念のためだ。そんな馬鹿なことはあるはずがないとは思っても、このままもやもやを抱えて過ごすことはまっぴらごめんだ。

「出雲祝」

おもむろに苻子は呼び掛けた。芹那は心持ちにらみつけるような目をしている。先ほどの小競《こぜ》り合いが影響しているのかもしれない。

「間違っていたら、取るに足らぬ身の戯言《ざれごと》と聞き流してくださってけっこうよ」

芹那の表情に警戒の色がさす。征礼は困惑気に、稚彦王はどこか諦観《ていかん》したようにこのやりとりの経過をうかがっている。

万が一だとは思っているけれど、もしもそうだったらどうしよう。

けれど、このままでは埒《らち》が明かないから確認をしなければしかたがない。そう自分に言い聞かせて、ゆっくりと言葉を口にする。

「この頸珠は、八尺瓊勾玉《やさかにのまがたま》ではないわよね?」

八尺瓊勾玉――つまり神器ではないのか。

聞いただけでは与太《よた》としか思えぬその問いに、芹那は切れ長の眦《まなじり》を吊り上げた。その眼《まな》差《ざ》しには激しい怒りと、わずかな侮蔑《ぶべつ》が含まれている。詳細などなにひとつわかりはしないのに、瞬時にしくじったのだと苻子は思った。

征礼があからさまにうろたえた声を出す。

「苻子、お前なにを言って……」

人前で実名を呼ぶほどに、彼は動揺《どうよう》しているのだった。その様子を一瞥《いちべつ》したのち、芹那はつっけんどんに言った。

「そちらがそれを仰《おお》せになられては、吾にはもうごまかす術《すべ》はございませぬ」

ああ、やはりしくじったのだった。

苻子の問いは、芹那からすればまったく余計なことで、賢《さか》しらと罵《ののし》られてもしかたがないものだったのだ。

けれどそれを明らかにしなければ、この場はどうにもならなかった。

「そもそも吾は与《あずか》り知らぬこと。御所内での悶着《もんちゃく》の末に、御所の方の手により神器が持ち出されたのです。それを公《おおやけ》にせずにお戻ししたかったのですが、もはやそれも叶わなくなりました」

冷ややかに口調にも、内に秘めた腹立たしさは隠せない。芹那の言いようを聞けば、彼女はまったくとばしりとしか受け止めていない。さもありなん。おそらく朱砂院が関与したことであろうが、生まれる前に亡くなった祖父のしでかしたことなど知ったことかという気持ちのほうが強いのだろう。しかも彼女は祖父側の恩恵をひとつも受けていない。頭《とうの》中将《ちゅうじょう》・直嗣《なおつぐ》とちがって知らぬ顔をする権利はある。

征礼は低くうめいた。

「まさか、これが神璽《しんじ》だというのか？」

「退位のおりに、朱砂院が持ち出したのだと聞いております」

つんとして芹那は答える。

「吾は父から。父は祖母から、祖母は院様からさように聞いたとのことでした」

「そんな馬鹿な。剣璽《けんじ》は夜御殿《よるのおとど》に変わらず奉置されている」

「そちらの事情は存じませぬ。吾はその旨《むね》を父から伝え聞き、ゆえにこちらにお戻ししたいと願いました。しかし事が事だけに内密に運んだ方がよかろうと判断し、かような工作をいたした次第でございます。されどそちらが受け取れぬというのであれば、もはやいたしかたありませぬ。明日にでもこの件を世に明かしましょう」

鄙の娘とは思えぬ能弁ぶりに、荇子と征礼は目を見合わせた。

確かに騒動にしなかったのは、芹那とその身内の善意ともいえる。もっと早く報告するべきだったという非難は、都から遠く離れた出雲の地に住む者には当てはまらない。まして出雲国造《くにのみやつこ》家ならともかく、その眷属《けんぞく》に朝廷への伝手《つて》などあるはずもない。子供が産まれたことだっていままで黙っていたのだ。地方にとって都は、自分達が思うほど重要な場所ではない。彼らの干渉など受けずとも、人はどこでも産まれ、生きて、新たに子を生《な》せるのだ。

しかしこんなことが公になれば、世に大混乱を引き起こす。

朱砂院が退位のおりに勾玉《まがたま》を持ち出したというのなら、四代の帝に渡って神璽の箱は空《から》だったということになる。これまで何度も剣璽使（行幸のさいに剣璽を持ち運ぶ内侍）を務めてきたが、あれはすべて空箱だったというのか。

当時を思い出し、荇子は首を横に振る。

「箱の中に、神璽は入っていたわ」

そうだ。持ち上げたはずみで、物音を聞いたことがある。これがまちがいない。それにこちらはあくまでも感覚だが、空箱という気配ではなかった。

芹那はふんっと鼻を鳴らす。

「それが神璽だという証拠はございますか？」

「神器の箱は誰も開けていない。もしも朱砂院が神璽を持ち出したとして、その手で偽物を収めないかぎり、中に物が入っているということはないはずよ」

何度も剣璽を扱っている荇子の証言に、征礼もつづく。

「そもそも八尺瓊勾玉の八は、大きいという意味を持つ。ゆえに神鏡も神璽も、大きなものであると聞いている。この頸珠《くびたま》はあきらかに――」

そこまで言って征礼はなにか思い出したように口をつぐんだ。

しばしの沈思のあと、彼は稚彦王に視線を動かす。征礼の言葉をどこかで聞いたことがあると思ったのだが、稚彦王が竜胆宮《りんどうのみや》に話していた内容だった。あのときは征礼も同席して話を聞いていた。

ここにきて荇子は、稚彦王はずっと言葉を発していないことに気がついた。朱砂院の話を終えてから、芹那のこの衝撃的な告白にも彼は驚きの声すらあげていない。

同じく不審に気づいたのだろう。確認するように征礼が問う。

「伯、そうでございましたね？」

稚彦王は征礼に一瞥をくれたのち、静かに告げた。

「――長きものもまた、八と称することはできるであろう」

荇子は息を呑《の》んだ。

ならば目の前にあるこの頸珠は、長いという方向で八という意味を持つのか。

では、これが何人《なんぴと》も目にしてはならず、常に帝とともにあらねばならぬ神璽であるというのか。朱砂院が持ち出したというのなら、四十年もの間、四代の帝にわたって禁忌《きんき》が犯されつづけていたことになる。

「ならば、いま夜御殿にあるものは？」

脅威ゆえか、征礼の声は戦慄《おのの》いていた。

箱は空ではなく、間違いなく中になにかが入っていた。それは朱砂院が偽物を収めたというのか？　偽物を準備したのなら、持ち出しは計画的であったということだ。皇室にかかわる者として、およそまともとは思えぬ畏《おそ》れ多い行為を、それほど用意周到に彼は成し遂げてしまったのか――。

「あれはまちがいなく神璽だ」

稚彦王があっさりと告げた一言に、荇子と征礼はもちろん芹那までもが虚をつかれた顔になる。三人がそろって稚彦王を注視する。その圧にも稚彦王は動じた様子はない。普段はあれほど優雅なたたずまいを持つ人なのに、このときにかぎってだけ、盾を連想させるほど頑迷なものを感じた。見つめているのも求めているのもこちらなのに、一方的に圧倒されてしまいそうな気配がある。

そんな中で、いちはやく立ち直ったのは芹那だった。

「では朱砂院が、偽りを仰《おお》せになられたと？」

芹那の声は、むしろ期待に満ちているようにも聞こえる。この頸珠が神璽と無関係なら彼女の立つ瀬はなくなるが、胸の痞《つか》えはおりるにちがいない。

しかし稚彦王は首を横に振った。

「四十年前、私もそなたと同じことを、朱砂院から直接聞いた」

荇子は驚愕《きょうがく》した。なんと稚彦王は、すでにこのことを知っていたのだという。しかも四十年も前に。それを今日のこの日までずっと黙っていた。いや、芹那の行為がなければずっと黙しているつもりだったのか——それも大きな衝撃だったが、しかし稚彦王の証言は神璽にかんして明確な矛盾《むじゅん》が生じている。

「どういうことですか?」

征礼が問う。朱砂院の言葉が真であれば、神璽は彼によって持ち出されている。しかしいま夜御殿にあるものは、紛《まご》うことない神璽だと稚彦王は言い切った。それはいったいどういう意味だ。

「神璽を二つに分かつことをなされたそうだ」

稚彦王の答えに、なるほどと荇子は合点《がてん》する。事態の深刻さにはふさわしくない、安易な反応だと我ながら感じた。

巨大なひとつの勾玉にはできぬが、いくつもの勾玉を組み合わせた長い頸珠であれば分けることは可能である。つまり稚彦王は神璽の形態を知ったうえで、竜胆宮にあのような説明をしたのか。

それにしても、荇子は声をあげて笑いたくなった。

八咫鏡《やたのかがみ》、すなわち神鏡に異変が起きたと大騒ぎになったのはつい先日のことである。しかしその傍《かたわ》らで、もう何十年も神璽は異変を抱えたまま放置されてきたのだ。まこと知らぬが仏とはよく言ったものである。

自嘲《じちよう》的な荇子に比べて、征礼はやはり真面目《まじめ》だった。戸惑いを残しつつ、念押しをするように訊く。

「それは、まことでございますか？」

「あの御方が、私に偽りを仰せになるはずがない」

内容よりも、断固とした物言いに圧倒された。朱砂院と稚彦王の強い絆《きずな》がうかがえる一言だった。

――朱砂院は、その頸珠を都に戻したいとは思っておらぬよ。

そう考えると芹那に告げたあの言葉も、彼女に対する説得よりも朱砂院の意志を慮《おもんぱか》って出たもののように受け取れる。

「されど――」

稚彦王は一段声音《こわね》を低くした。

「当時のあの御方は、とうていまともな精神状態とは言えなかった。それゆえご本人に嘘偽りのつもりがなくとも、それが真か否《いな》かなど私には判断ができなかった」

そこから稚彦王は、当時のことを淡々と語りだした。

刃傷沙汰《にんじょうざた》を起こしたあと、朱砂帝は夜御殿《よるのおとど》に籠められた。とはいえ寝殿造りの構造で牢《ろう》のように人を完全に閉じ込めるなど不可能な話で、そもそも帝にそのような仕打ちができるはずもなく、外に出ぬよう戸の周りに監視人を置いたというだけの話だ。

これだけの騒動を起こしたのだから、退位をしていただくしかない。しかし本人はなかなか承諾《しょうだく》しない。その段階ですでにまともな判断はできなくなっていたのだろう。

四六時中激しく暴れ、烈火のごとく怒り、ときにはひどく泣き叫ぶ朱砂帝の姿は、まさしく荒神・素戔嗚尊そのものであった。朝臣《ちょうしん》には手に負えぬということで、親友である稚彦王に説得の期待がかかった。気は重く、心の咎《とが》めもあったが、試みなければならぬと眦《まなじり》を決した。

「このまま在位に固執すれば、あの御方の心が完全に壊れてしまうと思ったからだ」

稚彦王のその一言で、いかに当時に朱砂帝が危うい状態であったのかが伝わった。そんな乱心の相手にそれだけの献身ができたのだから、二人の間にあるものは並大抵の親愛ではなかったのだろう。戯言のように卓子に語った故事がよみがえる。　断琴の交わり——知《ち》音《いん》という関係に、まさにふさわしかったのかもしれない。

朱砂帝の様子を気遣いつつ、稚彦王は辛抱《しんぼう》強く説得した。

そんなある日、とつぜん憑《つ》き物《もの》が落ちたように朱砂院は退位を承諾したのだ。安堵《あんど》するよりも不審を覚えたが、朝臣達はいまを逃してはならぬと早々に手続きをはじめた。そうして代わりに即位をしたのが、今上の祖父である。この方はかなり高齢であったので、すぐに身罷《みまか》られて息子に地位を譲《ゆず》った。その当時の朱砂院は、すでに巡歴の旅を繰り返していて在京ではなかった。退位の経緯を考えれば、もとより重祚《じゅうそ》はありえなかったのだが。

住吉《すみよし》、叡山《えいざん》の都からも比較的近い場所への巡礼を経て、遠く離れた金剛峯寺《こんごうぶじ》から戻ってきたあとに朱砂院は、見舞いに訪れた稚彦王に次は出雲に行くと言った。在位中に崩した精神の均衡はずいぶんと取り戻していたが、それでもまだ危うい部分があったので、稚彦王はしばしば院御所を訪ねていたそうだ。しかし従者によれば朱砂院が不安定なのは都にいる間だけで、むしろ巡歴中は溌溂《はつらつ》として不思議なほどに落ちついていたという。

そこには自分の在位中とはうって変わって、平穏な宮中事情もあったのだろうと稚彦王は苦笑交じりに言った。

「当時在位なされていた今上の父帝について、私は一言も話題にしなかったが、たいして訪ねる者もおらぬのに誰かがいらぬことをふきこんだのだろう」

自分がついに馴染《なじ》めなかった旧弊《きゅうへい》たる宮廷の世界。その世界でうまく折り合える新しい帝。追放同然で退位を余儀《よぎ》なくされた朱砂院にとってその情報は、鬱屈《うっくつ》を募《つの》らせるものでしかなかったはずだ。

取りつかれたように長旅を繰り返すことは心配だが、年もまだ二十を少し越したばかりで体力の問題はなく、ならば都で鬱々としているよりはずっと良いと稚彦王は思った。

『それはずいぶんと遠いところにお越しになりますな』

『発《た》つ前に、そなたにだけ伝えたいことがある』

『はて、なんでございましょうか？』

そんなやりとりの末、朱砂院が見せたのがいま目の前にある頸珠であったのだという。

神璽《しんじ》を分配したものだと言われたときは、さすがに耳を疑った。なぜそんなことが可能なのかと考えれば、ますます疑わしい。されど夜御殿に込められていた、あのおりの朱砂院の尋常ではない状態を考えれば、それぐらいのことをしても不思議ではなかった。

戸口にはすべて見張りがついていた。中の様子は頻繁《ひんぱん》にうかがっていた。けれど片時も目を離さずにいたのかと問われれば肯定は難しい。そもそもだいぶん落ちついているとはいえ、現状の朱砂院がまったく正常とは言い難い状態だった。であればこの頸珠が神璽であるという言い分も、どこまで信じてよいのか分からない。

動揺《どうよう》を声に出さぬように自らに言い聞かせ、稚彦王は尋ねた。

『なにゆえそのようなことを？』

『神璽が私に命じたのだ。私とともにありたいと』

晴れ晴れと朱砂院は言った。その一言で稚彦王は、彼の精神が思っている以上に根深く侵されていることを悟った。

朱砂院の言い分がまことか否か、神璽の箱を開けてみなければ分からない。中にこの頸珠と同じ品が入っているのならまことなのだろう。けれど誰がそれをする？　目にすれば禍《わざわい》が生じるとされている神器の蓋《ふた》を誰が開ける。目の前に置かれた頸珠がまことに神璽であればいまさらだが、そうでなかった場合は誰が責を取る。

そもそも神璽のお告げだという話を鵜呑《うの》みにするのなら、分かて、という要求も不自然である。下手《へた》な小細工などせずにそのものを奪ったほうが自然である。

だが稚彦王は、追及することができなかった。なぜなら『神璽がともにありたいと望んだ』と告げたときの朱砂院の表情はあまりにも誇らしげだったからだ。

まともな話が通じないという諦めもあった。けれどなにより帝位の証である神璽とともにあるということが、いまの朱砂院を支えているのだと感じたから——。

「ゆえに私の胸の内に収めておくことに決めたのだ」

長い話を、稚彦王はそう締めくくった。彼の吐息に呼応するよう、灯火がゆらりと揺れた。

苻子も含め、話を聞いた者達の全員が呆然《ぼうぜん》としていた。朱砂院退位の経緯も含め、あまりにも想定外の真相にもはや言葉が出ない。十九歳で退位をした帝と聞いたときから、まともな理由ではないだろうと疑っていた。けれど本当のところは心神の喪失《そうしつ》という、ある意味でもっとも正当な事情であった。

「ならば伯は、献上された頸珠を目にした段階で、すでに心当たりがおありだったのですね」

苻子の問いに、稚彦王はうなずいた。彼は御所まで足を運び、神宝に内容に異変があることを帝に伝えた。そのさい彼自身も不審なことのように首を捻ってみせたが、あの段階ですでに気づいていたのだ。

「芹那の存在を聞いていなければ、あるいは思いつかなかったやもしれぬ」

国司《こくし》から芹那の存在について報告があったのは先月のことだった。夭折《ようせつ》した親友の忘れ形見には心が動いたが、その段階では神璽のことは露ほども考えなかった。けれど頸珠を見たとき、すべてのからくりに気がついた。

重苦しい沈黙の末、征礼が頭をひとつ振った。

「出雲祝《はふり》」

呼びかけに芹那は顔をむける。先程まで見せていた、焔《ほむら》のように苛烈《かれつ》な面差《おもざ》しに戸惑いが浮かんでいる。

「この頸珠は受け取れない」

さぞや憤然することだろうと思いきや、芹那は口をへの字に曲げただけで、それ以上の激しい反応は見せなかった。

「この頸珠がなくとも、御所には特別な怪異は起きなかった。なればこれは神璽ではなかったと考えるほうが妥当だろう。そなたはこの件を公《おおやけ》にすることも辞さぬと申したが、神祇《じんぎ》伯《はく》の説明を聞いたかぎり、朱砂院の仰《おお》せは信憑性《しんぴょうせい》に欠ける。明るみに出したところで誰も信じない」

あまりにも御所らしい始末のつけ方に感動すらした。

よしんばこの頸珠が本当に神璽だったとしても、この四十年間、ときにはなにかあっても継続しての異変は起きていない。つまり分かった状態でも、神威《しんい》は十分にあったということだ。

であれば、このままでよい。

稚彦王と芹那がそれぞれ個別に抱いていた秘密が、今度はこの場にいる四人で共有されるというだけのことだ。

また、とんでもない秘密を知ってしまったと頭を抱えたくもなるが、こうも繰り返されると、あんがい自分が知らないだけで、この世の者達はみな、ひとつふたつの大きな秘密を抱えているのではないかとも思った。

であれば、少し気は楽になる。

我知らず表情を緩める荇子を、芹那は不機嫌ににらみつけた。

彼女からすれば、まさしく開き直りやがってといったところだろう。荇子の態度も、もちろん御所の対応も。しかし暴露したところでなにも動かないと言われれば、彼女も再考するしかない。捨て身の覚悟でこれは神璽だと訴えたところで、さすがに物狂いの帝の孫よと蔑《さげす》まれるだけで終わりかねない。

あからさまに表情を険しくしてゆく芹那に、諭《さと》すように稚彦王が言った。

「分祀《ぶんし》したと考えてはどうだ」

「分祀?」

怪訝《けげん》そうにつぶやく芹那に、稚彦王はそうだとうなずいた。

「これが神璽であるという疑いが消せずに内に不満が残るのであれば、神鏡や神剣のように、形代《かたしろ》を残したと考えればよい。あるいはそなたは存ぜぬやもしれぬが、御所にある鏡と剣は二つとも形代で、本体は伊勢と熱田《あつた》にそれぞれ安置されている」

荇子達には常識だが、出雲に住む芹那が知らずとも不思議ではない。京に住む竜胆宮だって知らなかった。

「ならば神璽が出雲に安置されていても、不自然はあるまい」

詭弁《きべん》といえば詭弁だが、理屈ではある。

いずれにしても征礼のあの弁のあとでは、芹那には頸珠を引き取るしか術《すべ》はない。こちらも任せたからには、帰郷のさいに鴨川《かもがわ》に投げ捨てたところで文句は言えない。もっともそんな真似《まね》ができるのなら、最初からこんな策は講じない。

芹那は唇を強く結んだ。灯明に照らされた髪が黄金色に輝いて見えた。

稚彦王は芹那が朱砂院によく似ていると言っていたが、少なくとも彼女からは、先程話に聞いた朱砂院のような不安定さは感じられなかった。確かにたたらから噴き出す焔のような激しさはあるが、それもただただ気が強いというだけのことだ。芹那の足はしっかりと大地を踏みしめている。

ついに芹那は、頸珠を袂《たもと》に入れた。

荇子と征礼は胸を撫《な》でおろす。

「そなたの顔貌《がんぼう》は、朱砂院に瓜二《うりふた》つだ」

ぽつりと稚彦王が言った。芹那は釈然としないように自分の頰《ほお》を撫でる。彼女は祖父の顔を知らない。彼女の父親も同じである。ならば稚彦王ほどに朱砂院に思い入れがなくともやむを得ない。

「気質はそなたのほうがずっとしっかりしているが、神楽舞《かぐらまい》を見たときは、あの方がよみがえったのかと思った。朱砂院が神楽を舞うことはなかったが、己の内に存在する情熱を表出するような舞い方がよく似ている。いまにして考えればあの方は、そうやって自身の激しさで内側から破綻《はたん》することを必死で耐えておられたのだと思う」

神楽舞が終わったあと、稚彦王はなんとも形容しがたい面持《おもも》ちで芹那を見ていた。なにかを探すようにしながらも、けして粘着質ではなかったあの眼差《まなざ》しは、芹那の中に朱砂院の面影を見つけたからだったのだろうか。しかしそこに彼の面影があっても、芹那は朱砂院ではない。そんなことは百も承知だから、稚彦王の眼差しには執着がなかった。

「吾《われ》はお祖父《じい》さまのことを存じませぬ」

戸惑いがちに芹那は言った。

「祖母が身籠《みご》ったことをご存じないまま都にお戻りになろうとして、その途中で身罷《みまか》られたものですから」

「そのまま出雲にいてくだされればよかったのだ」

押し殺した声で稚彦王は言った。彼のそんな声を聞いたのははじめてだった。鬱屈《うっくつ》したさまざまな感情がじわりと漏《も》れ出したような、複雑な声音《こわね》であった。

「都にいたところで、誰もあの方のことを分かってやれない。そんな苦しい場所で心をすり減らすより、鄙の地にいたほうが……さすればあのように若くして身罷られることもなかった」

絞り出すように稚彦王は言った。四十年の間、おそらく誰にも吐き出すことがなかった彼の無念が伝わってくる。朱砂院の血を汲《く》み、その容貌をよく受け継いだ孫娘を前に、これまで堪えてきた感情がついににじみだしたかのような瞬間だった。

膝の上で拳を震わせたあと、稚彦王はひとつ息をついた。そのまま感情を整理するように目をつむる。朱砂院は事あるごとに激しく泣き喚《わめ》いて感情を露にしたようだが、稚彦王は気質的にも年齢的にも、なにより思い出からあまりにも年月がたちすぎていて、もはや激しく感情を揺らすことは難しいのだった。

稚彦王が重い瞼《まぶた》を開けると、それを待ちかねていたように芹那は言った。

「友人がいるから、都に戻りたいのだと仰せだったそうです」

稚彦王は不審な面持ちで芹那を見る。かまわず芹那は話をつづけた。

「父から聞きました。祖母にはそのようにお話しくださったようです。その方は唯一自分を分かってくれる人なのだと。その方に会うために、自分は都に戻るのだと」


芹那は頸珠《くびたま》を持って帰っていった。

こんな暗い中を一人では危ないと止めたが、なんのことはない。ちゃんと従者を連れてきていた。雑舎で待機していたのだという。考えてみればあのしっかり者の芹那が、そんな不用心な真似をするはずがない。ちなみに彼女の都での滞在先は、引率役の出雲国司が手配した邸である。

「そなたたちを巻きこんで申し訳なかった」

唐戸《からど》が閉まったあと、ぽつりと稚彦王は言った。

「いえ……」

征礼は頸《くび》を横に揺らした。巻きこまれたにはちがいない。しかし神器は帝の存在にかかわる事柄だ。御所にかかわる者として、また帝の側近として、一方的にとばしりを受けたとしてしまうのはたぶん違う。

「謝罪には及びません。それより四十年もお独りの胸裏に秘めおかれたことは、さぞやお苦しかったことでしょう」

征礼が口にした苦しいという言葉が、神璽《しんじ》の秘密を抱えたことを指しているのか、朱砂院との別れを指しているのか、荇子には計り兼ねた。

稚彦王は柔和《にゅうわ》な笑顔を浮かべた。

「正直に申せば、安堵《あんど》している。事の真偽が分からぬ以上、いまさら御所とて受け取りようがない。朱砂院の血を引くあの娘が持っていてくれることが一番良いのだ」

心から満足した物言いだったが、荇子はふと引っ掛かりを覚えた。

よくよく考えてみれば、稚彦王の行動には不審が残るのだ。

頸珠の出所に気づいたとしても、黙って引きとってもよかったのではないか？　そのまま内蔵寮《くらりょう》に収めてしまえば、稚彦王が口をつぐんでいるかぎり誰もなにも疑わない。出雲にあろうと内蔵寮にあろうと、あるべき場所にないという状況はどちらでも変わらぬではないか。それどころかこの件を稚彦王が内密にしておきたいと望んでいたのなら、黙認していたほうが安全だったはずだ。

それなのに敢えて帝に報告をして、故意に事を荒立てた。

荇子はそろりと視線を動かす。稚彦王は、凪《なぎ》の水面《みなも》のように穏やかな面持ちを浮かべていた。

「これで長年の憂《うれ》い事もなくなった。あとは院の供養《くよう》をしながら、私自身の後世でも祈ることにしよう」

征礼が苦笑する。

「まだかようにお元気であらせられるのに、さようなことを仰《おお》せくださいますな。伯のように該博《がいはく》な御方にはいつまでも留まっていただきたいものですのに」

「いやいや……」

今度は稚彦王が苦笑した。

「私の人生など、もはや残骸《ざんがい》にすぎぬよ」

「さようなことを……」

「まことだ。朱砂院が身罷られてからというもの、来る日も来る日も後悔《こうかい》と喪失《そうしつ》感にさいなまれるばかりの日々を過ごしていた」

愚痴《ぐち》めいた会話の流れで、さらりと告げられた重い言葉に征礼は目を見開く。その横で胸を衝《つ》かれるような衝撃を受けつつも、不思議なほど荇子は得心した。

稚彦王は、神璽を芹那に持っていてほしかったのだ。

それは事を穏便に済ませるためではなく、知音《ちいん》の心を尊重したかったからだ。たとえ彼が錯乱した状態にあったとしても。

なぜ朱砂院が、神璽を出雲に置いていったのかは分からない。芹那達は単なる失念と考えていたようだが、朱砂院にとっての神璽の重みを考えればそれはあり得ない話だ。

朱砂院は故意に神璽を出雲に置いていった。素戔嗚尊のように自分を追放した高天原に献上することを彼はしなかった。そこになんらかの屈託の存在を考えることは強引ではあるまい。

その思いを汲んだ稚彦王は、故意に事を荒立てて頸珠を芹那に戻したのだ。荇子の「下賜品にしては」という提案を聞いたときには、渡りに船と歓喜したにちがいない。

薄々気づいたとみえて、征礼は神妙な面持ちで稚彦王を見つめていた。

しかしいまさら追及したところで詮無《せんな》いことだ。征礼は神璽の所有を芹那に決めた。この段階で彼は真相を求めていないのだ。四十年思い当たる禍《わざわい》もなく、卜占《ぼくせん》でもこれといった卦《け》は出なかった。であればあれは神璽ではなく、錯乱した朱砂院が妄想を放ったと考えるべきなのだ。

征礼はゆらりと頭を振り、表情を改めた。

「後悔などとご自身を責めることはございますまい。そこまで思いを汲んでさしあげたのですから、常世で故院もきっとお喜びでございましょう」

稚彦王は力なく微笑《ほほえ》んだ。虚しさに満ちた作り笑いだった。四十年も長きにわたり朱砂院への後悔と追慕《ついぼ》で占《し》められていた彼の心に、いまさらそんなありふれた言葉が刺さるはずもないのだった。

もちろん征礼とて、ただの社交辞令である。

しばしの沈黙ののち、苻子と征礼を見合わせる。もはや長居をする理由はない。そろそろ戻ろうかと促すと、悟ったのか征礼はちいさくうなずく。

「相手が生きていれば、さように気持ちを交わすことができるのだな」

稚彦王が口にしたあたりまえの言葉に、征礼は複雑な顔になる。稚彦王の物言いに厭《いや》みやからかいの含みはなかったが、羨望《せんぼう》の色はにじんでいた。そんな謂《い》われはないはずなのにかすかな罪悪感は覚える。

気まずい顔をする苻子と征礼に、稚彦王はくすりと笑う。

「皮肉ではない。長らく目にしていなかったので、あらためて感じただけだ。亡き人に思いを馳《は》せつづけることは、私が自分で選んだ生き方だからな。どのみち故院がおらぬこの世では、私にはこの道しか残されていなかった」

哀れとも虚しいとも思わなかった。埋めようのない喪失感に支配されたゆえの憂いは覚えても、稚彦王からははっきりとした己の意志を感じたからだ。

それでも痛ましくはある。それこそが勝手な思い込みなのかもしれない。たがいに言葉をかわし、触れあえる関係のみが人の心の寂寥《せきりよう》を埋めるのだという。

稚彦王はそうでなかった。彼は生者にはなにも求めなかった。生きた妻を娶《めと》り、子という新しい生命を生《な》すことよりも、死者への想いを内省的に深めていった。世間がどう見ようとも、それが彼にとって〝生きる〟ということだったから。

「そなた達が思うほどに、孤独は辛《つら》いものではない」

静かに告げられた言葉に、荇子は稚彦王の顔を見る。

強がる素振りなどかけらもない自然な表情に、荇子は観念して相槌《あいづち》をうつしかできなかった。


女祝《おんなはふり》の衝撃的な神楽《かぐら》は、出雲の一向が都を発《た》った前後こそ話題になっていたが、三日も過ぎれば御所での話題は、数日後に控えた豊明節会《とよあかりのせちえ》での五節の舞姫にと移ってしまっていた。新しい話題が持ち上がれば、どうしたって前の記憶は薄れるものだ。

そんな空気の中、帝が芹那の神楽舞にかんして語った。

「瞼《まぶた》の裏に焼き付いたように、覚えているぞ」

それは午後の朝餉《あさがれい》が終わった直後のことだった。

朝餉間《あさがれいのま》で帝の間近に控えていた如子は、空《から》になった食膳《しょくぜん》を台盤所《だいばんどころ》にいる苻子に渡した。やりとりのために襖障子《ふすましょうじ》は半開きにしている。

出雲の一行が都を発ったという世間話を受けての余談だったが、あるいは五節への関心のなさの表れなのかもしれぬと苻子は思った。神事である新嘗祭《にいなめさい》にはもちろん真剣に当たるが、そのあとの宴《うたげ》となる豊明節会にはあまり関心を持たずとも差しさわりはないということなのか。

らしすぎると胸の内で笑いをこぼしつつ、苻子は白湯《さゆ》の入った杯を折敷《おしき》にのせて如子に渡した。如子はそれを帝の前に置き、神楽にかんして同意をした。

「度肝《どぎも》を抜かれる型でございましたが、私も胸に沁《し》みました」

「近しい者を亡くした経験を持つ者であれば、あれは誰でも沁みるだろう。さすが根の堅州の国で生まれ育った娘だけある」

しみじみと帝は言う。舞手の口と身体《からだ》を使い、死者が生きている者になにかを訴えている。そんな神楽は根の堅州の国の舞として、まさしくふさわしい内容だった。妻子に先立たれた帝にとっても心に残るものだったのだろう。

「さようにお気に召されたのでしたら、内教坊《ないきょうぼう》の者に学ばせてはいかがですか？」

ふと思いついて苻子は、下長押《しもなげし》越しに提案をした。芹那は都を発ってしまったが、楽は大歌所《おおうたどころ》の者達が会得《えとく》しているし、舞にかんしても稽古《けいこ》にも付きあったのだからいくらかは覚えているだろう。そうでなかったとしても出雲国司を介するなど学ばせる術《すべ》はあるように思えた。

「いらぬ」

素っ気なく帝は言った。善意を袖《そで》にされた気がして、ちょっとだけへこんだ。

「私は亡き者を、忘れたいわけでも忘れたくないわけでも、どちらでもないのだ」

補足のように言葉をつづける帝を、荇子はうなずきも頸《くび》を振ることもせずにまっすぐに見つめた。単純なようで意外に含みが多そうな言葉だったので、安易に理解することは避けたかった。

しばしの間のあと、ぽつりと如子が言う。

「確かに、作為を持ってどちらかに無理に傾けようとするものではありませぬ」

亡き人を忘れることができれば、喪失《そうしつ》感は無くなるかもしれない。けれどそれはあまりにも口惜しい。さりとて亡き人を思うあまり、悲嘆《ひたん》にくれる日々も辛い。

どちらが最善だとか、どちらを選ぶべきだと強制するものでもない。

足掻《あが》いたところで、どうにもならぬ。流れに任せて、無理に立ち直ろうとするな。

かつて帝が、麗景殿《れいけいでん》付きの女房・小大輔《こだゆう》に告げた言葉を荇子は思い出した。わが子を亡くした小大輔は、数年の時を経てもなお哀しみの癒《い》えぬ日々を送っていた。その彼女に帝はそう言ったのだった。

稚彦王の言葉通り、孤独が世間が思うほどに辛いものではないのなら、それで良いのだろう。心に空いた穴を無理に形のちがうもので埋めようとして不具合を起こすより、穴を抱えたまま生きたほうが健全ではあるまいか。

妻子のこと――厳密に言えば彼女達を失った哀しみをだが、忘れられるのならそれもよし。忘れられなかったとしても、喪失感を抱えたままでも人は生きていける。帝が言いたかったことはそういうことではあるまいかと苻子は解釈した。

「さしでがましい口を挟みまして」

「そこまで恐縮することではない」

帝が言ったとき、簀子《すのこ》に征礼が姿を見せた。殿上間《てんじようのま》側からやってきたので、帝よりも先に苻子が気づく。台盤所に上がった征礼は、下長押越しに稚彦王が骸骨《がいこつ》を乞《こ》うた（辞職を願う）旨《むね》を告げた。

「急だな」

初耳だったらしく、本当に驚いたように帝は言った。

「かねてよりその意向はお持ちだったとのことですが、出雲の女祝の件の始末までは自分が果たさねばならぬと、ここまで励《はげ》んできたとのことでございます」

「……なるほど」

言葉では納得したように言うが、声音《こわね》には困惑がにじんでいる。

人材的には惜しむべき才だし、儀礼としてもいったんは慰留すべきだ。しかし年齢を考えれば無理に引き留めるのは酷《こく》である。

「好ましい人柄ゆえ、本官を退いても殿上人《てんじょうびと》としてときおり参内《さんだい》してほしいものだ」

「お伝えはしておきますが、難しいでしょう。かねてより身の回りの品々を整理しておられましたので、おそらく御出家《ごしゅつけ》が念頭にあらせられるのかと」

長年神祇伯《じんぎはく》という職種にあったから、仏教とは縁遠いところにいた。であればなおのこと傾倒する者は少なくない。就任中は仏教を忌避《きひ》せねばならぬ伊勢斎宮《さいぐう》が、退下後にこれまでの遅れを取り返すように厚い信者になる話はよく聞く。

けれど稚彦王の場合は、それとはいささかちがう印象だった。

もとより朱砂院が亡くなった世に未練はなかったが、今生《こんじょう》に生まれた者としての責務がある。神璽の行方《ゆくえ》を見届けることもそのひとつだったのだろう。それらのしがらみを己の力ですべて片付けたいま、必要のない煩《わずら》わしさから逃れ、ただひたすら内省の方向に生きるための手段が出家なのではあるまいか。

成すべきことを成した稚彦王には、その権利がある。惜しめども、それを阻むことは誰にもできない。

「私、伯から御本をいただきました」

唐突とも受け取れる荇子の告白に、帝と如子が驚いた顔をする。征礼はすでに知っているから、ああといったかんじの反応である。

「祝詞《のりと》の写しを高覧いただきましたあと、お目をかけていただけたようです。真名《まな》の教本に使うとよいと、『古事記』を譲《ゆず》ってくださいました」

宣命云々《うんぬん》にかんしては言わなかったが、真名という言葉に帝は目を細めた。

「さようか。ならばよくはげめ」

「心得ました」

気が付くと、如子が冷やかすような目をむけている。自分の就業に荇子が一役買ったことを知っている彼女は、こういうときでも長橋局《ながはしのつぼね》のようなやっかみを見せない。もともと他人を羨《うらや》むような人間ではないのだけれど、むしろ面白がっている節さえある。たかだか一内侍である荇子が、この先どこまで帝の腹心となりうるのかを――。

空になった食膳を手に、いったんその場を下がる。台盤所から中渡殿《なかわたどの》を使って後涼殿《こうろうでん》に上がると、おりよく居合わせた御厨所《みずしどころ》所属の女孺《にょうじゅ》があわてて駆け寄ってくる。

「すみません。こちらまでお運びいただいて」

「気にしないで。それよりも今日の煮浸しは良い味だったと、お褒めの言葉をいただいたわよ」

「うわあ、ありがとうございます。厨女《くりやめ》達にも伝えておきますね」

食膳を女嬬に渡して踵《きびす》を返すと、その先に征礼がいた。どうやら荇子が出てから、間を見て追いかけてきたようだ。その気になればいつでも局《つぼね》を訪ねてこられるのに、なにを慌てふためいてやってきたものか。

「どうしたの？」

「確認しておきたくて」

目を瞬かせる荇子に、征礼はきょろきょろとあたりをうかがっている。なんとなく意を察し、たがいに目配せをしあってから中渡殿を途中まで引き返す。

「頸珠《くびたま》の件は、二人の間だけに留めておくということでいいんだな」

なんだ、そんなことか。かしこまってなにを訊いてくるのかと拍子抜けした。

厳密には二人ではなく、稚彦王と芹那もあわせれば四人の間の秘密だ。けれど主謀者《しゅぼうしゃ》でもある彼らが口外することはありえないから、実質上は二人の秘密である。もちろん帝にも伝えていないし、この先も伝えるつもりはない。

なにをいまさらと言わんばかりに呆《あき》れた顔をする苻子に、征礼は気まずげな面持《おもも》ちを浮かべる。帝に隠し事をするなど苻子は屁《へ》とも思わないが、征礼は気が重いのだろう。これまで帝との間に秘密は抱えていても、帝に秘密を持ったことはなかったのかもしれない。

気にすることはないと、胸の内で苻子は思う。

(帝にだって、あなたに内緒にしていることがあるのよ)

先年身罷《みまか》ったとされている先の中宮所生の若宮《わかみや》が、実は不義の子供で、いまは両親とともに陸奥国で健《すこ》やかに過ごしていることを征礼は知らない。当人達をのぞけば苻子と帝の間だけの秘密である。帝も唯一無二の腹心に隠し事を持つことは心苦しいだろうが、事が事だけに信頼のみを理由に必要もないのに暴露することはできなかった。

だからお互い様である。

「いいわよ」

平然と答えてのけた苻子に、征礼はすねたように唇をへの字に曲げた。

野山をともに駆けて遊んでいた、幼少時を思い出して笑いが漏《も》れそうになる。その内情を感じ取ったのか、征礼はますます不機嫌な顔になった。苻子は腹を抱えたくなるのを必死で堪えた。

「私はもう戻るわよ。なにを油を売っているのかと、主上と典侍《ないしのすけ》に怒られてしまう」

裳裾《もすそ》をひるがえしたとき、征礼が腕をつかんだ。半分身体《からだ》を捩じったなりで、荇子は驚いて彼を見上げる。

征礼は真剣な目で荇子を見つめた。

「それなら一緒にいよう」

「……」

「二人で秘密を持つのなら、少し先になるかもしれないけど、いつか四条《しじょう》で暮らそう」

荇子は息を呑《の》んだ。

いまは竜胆宮が仮住まいをしている四条の邸を、荇子と征礼の二人にいずれ下賜すると帝は言った。けれどあまりにも大事過ぎて、具体的なことなどなにひとつ話しあったことなどなかった。そもそも征礼がそれを知らされているのかも分からなかったのだ。

けれどいまの言葉で、征礼がきちんと帝から伝えられていることが分かった。

とっさに返答ができずにいる荇子に、さらに征礼は言った。

「俺は、ちゃんと生きているうちに気持ちを交わしたい」

それは稚彦王が、荇子と征礼のやりとりを見て口にした言葉だった。生きている者同士の意志の応酬《おうしゅう》は、もはや稚彦王には叶わぬものとなっていた。

けれど、荇子と征礼はそれができる。

少し前まで荇子は、自分に恋はできないと思っていた。それは別に恋が苦手などといって初心《うぶ》を装ったわけでも、色恋沙汰《ざた》は汚らわしいなどの思春期をこじらせたような理由でもない。

父親の再婚を切っ掛けに生じた、結婚に対する不信感を消せなかったからだ。

恋愛に真面目《まじめ》にむきあえばその先には結婚があるから、その状態で恋をすることは無責任であるように考えていた。

けれど色々な人の言葉や思いに触れることで気持ちが少しほぐれはじめた頃、征礼はともに帝を支えてほしいと告げた。その申し出を荇子は了承した。いまの自分であれば、その頑《かたく》なな思い込みから解き放たれることが、時間がかかってもできるような気がしたからだ。

そのときはまだ遠慮《えんりょ》がちだった征礼を、ここまで衝《つ》き動かしたものは稚彦王の言葉だったのだろうか。あるいは妻子に先立たれた帝の悲劇を間近で見つづけてきたからだったのだろうか。

彼らのことを鑑《かんが》みると、荇子はにわかに急《せ》くような心持ちになる。

この刹那は、けして永遠ではない。明日突然奪われてしまうかもしれない、奇跡の瞬間なのかもしれないのだった。

ぶるりと身が震えた。

「一緒にいたい」

荇子は言った。これまでなにもかも征礼に先に勇気を絞らせてきてしまったから、せめて了承のような上目線ではなく意志を告げたかった。

征礼は表情を和《やわ》らげた。荇子も微笑《ほほえ》みを返す。空蟬《うつせみ》のように、するりとなにかを脱ぎ捨てた、そんな感覚があった。

※この作品はフィクションです。実在の人物・団体・事件などにはいっさい関係ありません。

集英社オレンジ文庫をお買い上げいただき、ありがとうございます。
ご意見・ご感想をお待ちしております。

● あて先
〒101-8050　東京都千代田区一ツ橋2-5-10
集英社オレンジ文庫編集部 気付
小田菜摘先生

掌侍《ないしのじょう》・大江荇子《こうこ》の宮中事件簿 四

集英社
オレンジ文庫

2023年 6 月25日　第1刷発行
2023年12月 6 日　第2刷発行

著　者　小田菜摘
発行者　今井孝昭
発行所　株式会社集英社
〒101-8050東京都千代田区一ツ橋2-5-10
電話【編集部】03-3230-6352
【読者係】03-3230-6080
【販売部】03-3230-6393（書店専用）
印刷所　株式会社美松堂／中央精版印刷株式会社

ISBN 978-4-08-680508-7 C0193